ANTOLOGÍA PERSONAL
Ellos habitaban un cuento

Guillermo Samperio

24 sep 1990

Para Martín Forster,

con mi gratitud

y amistad fuerte:

Samperio

ficción

Guillermo Samperio

ANTOLOGÍA PERSONAL
(1971 - 1990)

Ellos habitaban un cuento

ficción

Universidad Veracruzana
Xalapa, México, 1990

Portada: Pepe Maya

© Universidad Veracruzana
   Zamora 25
   Xalapa, Veracruz

ISBN: 968-834-202-5

Impreso en México

a María Elena Sicilia

Diálogo con Guillermo Samperio

Guillermo Samperio llega a la cita en pants. El sitio donde nos encontramos está marcado por una clientela ruidosa y parlanchina. En el siguiente sitio al que entramos, sólo nos persigue la voz de una cantante de moda y el tiempo que se nos viene encima; finalmente, la entrevista significó dos cafés, una taquería y casi dos horas de charla ininterrumpida acerca de la obra de un escritor llamado Guillermo Samperio; pero en esa charla, también se fueron colando opiniones, gustos, puntos de vista, apuntes de un trabajo literario que se ha realizado en la experiencia pero que asimismo ha bebido profundamente en las fuentes de la literatura.

Antes de iniciar la grabación, le muestro a Samperio la foto de la contraportada de *Lenin en el futbol* –hecha por Rafael López Castro–, luego, le comento que la portada era horrible. Ríe, parece estar de acuerdo: "Desde ahí comenzaron mis problemas". Con el bigote y el pelo recortados cuidadosamente, la risa es la misma –irónica y burlesca– que se adivina en la foto, debajo de la tupida barba y los largos cabellos.

–¿Cómo nació en ti la vocación literaria, cuál fue su origen?

"Llegué a un taller literario del Instituto Politécnico Nacional. Estoy hablando de los años sesenta, cuando ya había escrito mis primeros cuentos, con los que llegué a este taller, de los fundados por Arreola. Como antecedentes puedo reconocer, principalmente, alguna influencia artística de mi padre, quien fue com-

9

positor, actor y ejerció otros oficios en el arte. A mí me influyó su trabajo; yo no sabía hacia dónde desembocaría mi inclinación artística. Intenté la música, la pintura y finalmente vine a caer en lo literario.

"Creo que aquí hay también un factor social que me inclinó hacia la escritura: el movimiento estudiantil de 1968, en el que participé como activista práctico y por el cual fui detenido durante diez días. Golpeado e interrogado. Mi familia me encontró y me sacó de una cárcel que se llamaba "La Vaquita", que entonces estaba, no sé si todavía, dedicada a prostitutas y homosexuales. Allí nos metieron en una celda a cuarenta personas que tomaron de la calle; se encontraban un abonero y un albañil que nada tenían que ver, pero que fueron aprehendidos a la hora de su almuerzo por los granaderos. Este hecho, más toda mi participación y, especialmente, la experiencia que tuve durante el 2 de octubre, me orillaron a la palabra.

De las lecturas que venía haciendo de los autores del momento, los textos de Camus fueron cruciales; así que escuchando a Los Beatles, a Jimi Hendrix y a Bartok, con la herencia paterna, brotó en mí una frase que decía que, como escritor necesitaba decir lo que estaba sucediendo en mi entorno.

"Empezó entonces a surgir una caja de poemas panfletarios que me permití incinerar poco tiempo después, algunos relatos de poca tensión literaria; hasta que empecé a transformar varios poemas de largo aliento en cuentos. Es decir, hice una conversión de lo poético a lo narrativo y surgieron los primeros cuentos de un libro que se llamaría *Cuando el tacto toma la palabra* y que me publicaría el IPN, en 1974, y cuyo contenido fue revisado y puesto en cuestión en el taller literario al que asistí durante tres o cuatro años."

L. E. M.: Si *Cuando el tacto toma la palabra* fue el primer libro de Guillermo Samperio publicado, no fue su primera satisfacción como cuentista. En 1975 obtuvo el primer premio del concurso convocado por el Museo del Chopo, con el cuento "Bodegón". En 1975 también, fue finalista del Concurso Nacional de Cuento, con un jurado en el que estaba Juan Rulfo, quien en algunas entrevistas lo citó como entre los jóvenes de su interés. En *Textos extraños* (1981) hay un movimiento hacia lo fantástico, hacia el humor. ¿Cómo ocurrió esto, cuáles fueron los motivos que te llevaron a esa transformación?

"Si te fijas bien, el primer libro está dominado por lo fantástico, lo absurdo, muy influido por Beckett y Ionesco. Tengo etapas en que me acerco mucho a lo realista, a lo social y otras en las que la escritura me está exigiendo la aventura fantástica. Lo político de *Fuera del ring* y *Miedo ambiente,* era alimentado por mis preocupaciones sociales. Cuidando siempre que lo literario no resultase tiranizado por ellas, inventé una hipótesis de trabajo: la "teoría de las miserias". Yo notaba que en un sector de la sociedad se generaba miseria, pero en otras regiones también estaba emergiendo la miseria; era como una estructura que se repetía a distintos niveles y en distintos grupos sociales.

"Así, percibí una miseria religiosa (que me enseñó a ver a Sade); una miseria moral, una política y hasta una miseria cultural, literaria, artística. Entonces, los cuentos de estos dos libros son un abanico de las diversas miserias, aunque, claro, esto funcionaba como un proyecto muy amplio en el que cualquier impulso creativo iba a pasar por esa impresión, pero no de una manera programática: dejaba que los relatos se armaran a partir de una anécdota, que emergieran de acuerdo con su propuesta. Al mismo tiempo, se me daba la preocupación de la forma, en la cual veía precisamente la solución respecto del problema causado por la temática.

"Así, me dediqué a analizar, muy minuciosamente, las formas narrativas de distintos autores; pasé por varios cuentos de Julio Cortázar, viendo al detalle sus recursos; por los escritores americanos como Carson MacCullers y el mismo Faulkner, pero también visité a algunos autores que no eran tan reconocidos entonces, pero de los cuales me alimenté, como Rodolfo Walsh, Felisberto Hernández, Roberto Artl cuyos libros eran imposibles de conseguir, Julio Garmendia, venezolano, y del mismo Guillermo Meneses, también venezolano; en ellos pude reconocer formas convincentes para narrar, en tanto me podía emparentar con una tradición dentro de la lengua española. Además, como tarea, yo desmenuzaba sus estructuras, sus sintaxis y otros elementos formados. Esto me decidió más por las influencias americanistas que por las ibéricas, aunque, como en varios de mi generación, la del 29 está en mi prosa, en mi trabajo, tanto que hice una buena cantidad de programas de radio sobre ésta; además, hay otros autores, como los polacos o los irlandeses, que me han influido.

"En esto creo que debo de reconocerme como un lector obsesivo por algunos grupos de textos, hasta agotarlos. Y de beber esta literatura, me di cuenta de que los recursos literarios no eran propiedad privada, sino una herencia del escritor del porvenir. Así que elegí el tema y mi tarea inmediata era ver qué forma era la mejor para narrarlo. Empezaba por elegir la persona gramatical, el punto de vista, la distancia que iba a tomar respecto de los personajes, si iba a ser uno de ellos o no. Esto me llevaba días; confeccionar mentalmente el comienzo, la manera de abordar el tema. Sabía que, en el momento de la escritura pragmática, sería como una idagación temática dentro del ambiente cultural que me rodeaba y que ese mismo trabajo iba a aportar sus propias características.

"Dije pragmática porque tengo entendido que la escritura empieza en el momento en que captas el tema, en que percibes que algo puede ser escrito; en ese momento, la máquina interior empieza a escribir el texto y, cuando vas a la máquina de escribir o al grafito, el texto ya está semiescrito. De ahí se explica el caso de algunos escritores y el mío propio, que pasamos una larga temporada sin escribir y, de repente, lo cual resulta extraño, llega un momento en que en cuatro meses escribimos un libro. Es que ese libro se fue escribiendo mientras no estábamos frente a la máquina de escribir. Es un absurdo decir que no escribes cuando no estás frente a ésta. El que es escritor lo es en el silencio y en el ruido de las teclas."

Después de la publicación de *Fuera del ring*, en 1975, con el volumen *Miedo ambiente*, Samperio gana el Premio Casa de las Américas en 1977, en el renglón de cuento, y a la vez el premio de la revista *La Palabra y el Hombre* convocado por la Universidad Veracruzana. En 1978, reúne prácticamente todos sus cuentos en un sólo volumen: *Lenin en el futbol.* Sólo elimina un cuento, en el cual "era demasiada la influencia de García Márquez".

"Entonces –comenta–, decidí quitarlo porque además este autor es de los que se notan inmediatamente si te influyen. Otros son menos notorios, tienen un estilo más neutro; es el caso de la mencionada Carson MacCullers, la que te puede influir porque su trabajo es tan profundo que su estilo es universal. Dejé también algunos cuentos de corte cortazarino y de otros autores. Pero se está preparando una nueva edición de *Lenin en el futbol* y ahí ya no van a aparecer, pues estoy barriendo con todo lo primero; no sé si finalmente voy a ser justo; pero la verdad es que la navaja crítica se va agudizando con el tiempo. Sin embargo, en el momento en que apareció *Lenin en el futbol,* quise meterlos todos –con la excepción ya comentada, que más bien era un cuento para niños–, porque en verdad no habían tenido la oportunidad de ser difundidos, reconocidos ni criticados. Sólo hasta esa edición puede decirse que mi literatura toma un sitio en los catálogos importantes de la literatura mexicana. Ya con *Cuando el tacto toma la palabra* y *Fuera del ring* se habían hecho algunas notas y circulaban bien por ahí, pero sólo hasta esta edición se comentaron ampliamente y tan era cierta esta intención mía que, en varias de las críticas que se hicieron a *Lenin en el futbol,* se destacan como buenos cuentos que tenían más de seis años circulando. Es decir, esto me corroboró la práctica inexistencia comercial de mis textos en el circuito literario".

– De *Lenin en el futbol,* ¿cuáles serían los cuentos que más te gustan, con cuáles te quedarías definitivamente?

"Siempre es difícil elegir. Para la antología presente volví a incluír algunos textos que, cuando se hizo la selección de *Miedo ambiente* y *otros miedos,* quedaron fuera y, ahora, he mandado a la banca algunos que estaban en esta edición. Es difícil decirlo, pero, hay algo que ha brotado preparando esta *Antología Personal*: que *Lenin en el futbol* es un libro de cuentos, que narra, y esto me hace muy feliz porque me doy cuenta que tienen un cuerpo, que lo mismo "Cualquier día sábado" o "La primavera aún no termina", o "Aquí Georgina", tienen su temática, un cuerpo que cuenta, eso es lo que me agrada."

Cuando habla, Samperio deja ir la respuesta más allá de la misma pregunta. Tal vez por ello, de repente, dice que una de las preguntas se había quedado sin respuesta, precisamente la que hace referencia a la situación política que algunos de sus textos presentan.

"En el relato titulado 'Desnuda', es cierto que están ahí los militantes de izquierda, pero no vistos de manera heroica, monolítica, sino que están luchando por aquella vieja propuesta del hombre nuevo, que nunca llegó, pero que intentaba un cambio de conducta: eran

15

militantes con contradicciones, con problemas. La actitud política que se vislumbra en aquellos cuentos es crítica y autocrítica con desaliento; y eso fue lo que tal vez hizo que los relatos no se quedaran como una simple estampa del momento; por lo menos, eso es lo que quiero creer..."

— En 1986, Samperio publicó *Gente de la ciudad*, un libro de relatos que habían empezado a aparecer tiempo atrás, en un suplemento, bajo el título genérico de "Defeñas". Sin embargo, al igual que en *Textos extraños*, el libro bien podría ser no clasificable en tanto que trasgrede los límites del género y cae plenamente en los terrenos del texto, la definición poética, el chiste, etcétera; lo que hace explosión en el siguiente libro, *Cuaderno imaginario*. ¿Cómo ves esta mezcla de géneros, la apertura del texto hacia una diversidad de interpretaciones que parece estar dándose en tu obra?

"Hay un aspecto positivo porque he podido encontrar otros caminos de expresión literaria que no rematen necesariamente en un género específico, sino en una combinación de varios: el ensayo, el poema en prosa, el cuento, la crónica, el poema; y que, digámoslo así, han enriquecido mi experiencia literaria. Esto indica que ha habido, también, un proceso de escritura, de transformación del lenguaje. Incluso, al desaparecer de mi campo visual la teoría de las miserias, pareciera como si se me hubiese borrado el mundo y me hubiese quedado sólo con el lado imaginario de la vida; entonces es cuando aparecen los textos que ya no se conforman como cuentos. También hay un cambio, una caída. Digamos que con *Textos extraños* hace crisis mi

16

carrera literaria y estos cuentos se convierten en un registro del lado oscuro del alma, de lo extraño de la ciudad. En ellos, incluso, manejé la idea de que una literatura terrífica nueva tendría que salir de la experiencia nacional, distante de los autores clásicos, del mirar hacia el pasado, hacia mis raíces, e inevitablemente, es adentrarme en mi gente, es decir la de la ciudad, y en la preocupación por ella y por el deterioro de su vida y su lenguaje.

"*Gente de la ciudad* se auxilia de formas literarias del pasado: el retrato, la estampa, la crónica, a la manera de Micros, Díaz Dufoo. Es también un reconocimiento a las formas de la escritura de los mexicanos, ya no tan latinoamericanista. Está allí Revueltas, la lectura de Paz. Pero a un tiempo, en el nivel de la escritura, hay una descomposición; ya en *Gente de la ciudad* los cuentos son pocos, cuatro o cinco, a favor de otro tipo de textos, hasta llegar a *Cuaderno imaginario* que es lo que llamo el proceso de desintegración de mi escritura. El libro se auxilia de la definición, el epigrama, la metáfora, el chiste, incluso la palindroma, el giro irónico, el cuento que rompe con la lógica espacial, con la sintaxis.

"Desde luego que *Cuaderno imaginario* también tiene un aprendizaje en otro tipo de textos del pasado, como son los bestiarios, los diccionarios apócrifos, los libros de breverías. Allí están Gómez de la Serna, Torri, Eliseo Diego; bueno hay Buffon y Plinio, los epigramistas, incluso los fragmentos de Gilgamesh; los revisé con mucho ciudado para darle un poco de respaldo añejo al libro, aunque con el intento de hacerlo muy cercano al lector, casi como un manual de miradas.

"El libro quiere acercarle al lector el hecho de que un simple objeto aparentemente sin importancia tal un zapato, un tornillo, un animal tan insignificante como la lombriz, puede provocarle formas de mirar su propio mundo. En este sentido, no es tan sólo orientarse hacia el pasado y aun alimentarse de fuentes del pasado, sino también es –si así lo percibiste, estarás de acuerdo con ello– una mirada infantil. Recuperar sensaciones frescas, los recursos lúdicos, de la infancia, cuando te encontrabas con objetos que luego atesorabas, tal una canica. Pienso que la esencia se encuentra también en la sencillez."

– En ocasiones, desde *Textos extraños,* surgen continuamente en tu literatura los insectos. Hay en los cuentos como la mirada de un etomólogo que, incluso, es así como ve las relaciones humanas. Como si quisieras hacer una taxonomía tanto de los insectos como de los hombres a partir de relaciones que, en el fondo, son semejantes. ¿Cuál es la relación que guardas con esta mirada que te acerca a la misma biología?

"Yo no he logrado descifrarla cabalmente, pero tal vez haya varias respuestas. Una, que ha sido una manera de ver el mundo en ese momento de crisis literaria –porque es cuando empiezan a surgir, precisamente, los insectos en mi literatura. Como que a través de fabular puedo procesar temáticas que no podía yo referir con otras formas literarias como las realistas o las meramente descriptivas de lo cotidiano.

"Hay también un interés estético por hacer un microbestiario, esto ya en el lado plástico. Pero además, creo que para mí el detalle ha sido un aliado muy importante. Es decir, tanto en lo fantástico como en lo social, la descripción, la entrada en detalle, han sido cruciales. Creo que con esos libros he llevado al límite de lo microscópico el trabajo de la miniatura. Si recuerdas por ejemplo, en "Doctor Maine", se escucha cómo corta un cuchillo el limón, el ruido que hacen los dedos al ir poniendo los granitos de sal. Pero esto debe venir de alguna manía por el orden..."

–Ya señalaste que en *Textos extraños* tu carrera literaria hace crisis y que eso se refleja en la escritura. A tu juicio, ¿cuáles serían los cambios que han marcado definitivamente tu forma de escribir y cómo se manifiestan entre libro y libro: de *Lenin en el futbol* al *Cuaderno imaginario*?

"El primer cambio, sumamente evidente, es en el lenguaje. En *Lenin en el futbol,* incluidos los textos fantásticos, hay un uso duro de la lengua. Hay coraje, digamos que es una escritura antiautoritaria, si es que existe esta definición. Ya en *Textos extraños* aparece una primera diferencia sustancial, el lenguaje se vuelve más cuidadoso, la construcción de las frases empieza a ser un poquito más tradicional, mientras que en el libro anterior era una explosión, a veces gerundial, en la que no había respeto por las formas gramaticales; al contrario: una búsqueda de la más extraña solución gramatical. Esto, desde luego, viene de las lecturas de Cabrera Infante, de la revisión del *Ulises* de Joyce, de los artefactos poéticos de Nicanor Parra y, desde luego, los experimentos cortazarinos y las aventuras girondianas. Pero también de mi gusto por el futurismo. Mi afición a esta corriente viene más del lado del cineasta Dziga Vertov. Me entusiasmó mucho saber que tuviese su laboratorio del sonido. Vi varias de sus películas. Me agradó luego saber de los conciertos para cacerolas y máquinas de coser y otros instrumentos del hogar, me parecía un reto interesante. Yo creo que en *Lenin en el futbol*, como en un embudo, se encuentra recreada buena parte de la cultura vanguardista y experimental de la primera mitad de siglo.

"En *Textos extraños*, que es como el nudo, eso empieza a quedar poco de lado, aunque la mezcla de géneros empieza a generarse y vemos que en *Gente de la ciudad* ya hay un uso exacto, muy pensado, del lenguaje. Aparece una palabra fuerte donde es necesaria, la palabra tersa, serena, está en el sitio que le corresponde. Hay ya una orquestación del lenguaje. Está mucho más cuidado el sonido, podríamos decir que cada uno está escuchado aunque no dudo que se me haya escapado algún si bemol.

"En *Cuaderno imaginario* el lenguaje es muy noble. El coraje está prácticamente diluido y los textos están en favor del placer, del puro placer. Esto corresponde, desde luego, a un cambio interno que me indica que los anteriores libros fueron escritos con cierto dolor, con angustia, y que ya en el *Cuaderno imaginario* y en buena parte de *Gente de la ciudad* hallé, por primera vez en mi carrera, el gusto, la satisfacción y el placer por la escritura; así que he tenido cambios realmente importantes. Me imagino que ahora estoy por entrar

20

nuevamente al relato, con ganas de contar, y lo más probable es que sea ya una novela."

–¿Qué es lo que te lleva a la novela?

"No tiene que ver con asuntos literarios. Creo que hay puentes entre los géneros. Obedece a un proceso de transformación personal, de madurez..."

–¿Crees que la novela es un género de madurez?

"Indudablemente, es para gente que está madura, que puede tener una percepción amplia del mundo y de los sentimientos. Mientras el escritor no pueda distinguir las múltiples calidades de odio, de envidia, que existen, y la combinación compleja de los sentimientos en la universalidad de la cultura, es difícil que pueda ser novelista. Esto no quiere decir que no escriba novelas, por eso hay escritores que creen que el asunto es sólo escribir novelas y ya. Yo creo que depende mucho del criterio del individuo, que si no responde a esa complejidad, el texto literario va a tener algo de fallido."

–En México, como que no existe una tradición de lo fantástico, no digo que no existan escritores, sino que no hay un continuidad. Creo que tu generación, o una buena parte de ella, está retomando ya esta vertiente. A ti, ¿qué es lo que te lleva a lo fantástico?

"Pienso que el hecho mismo de la escritura, de la concepción moderna de la escritura; en el sentido de descubrir lo oculto, lo oscuro, algo extraordinario con lo que no contabas. Y mal que bien ha habido cultivadores de lo fantástico en México: Tario, Arreola, Pacheco, Reyes, Torri.

"Es cierto que no hay una tradición fuerte, como

en el caso de Argentina. Aventuro que tal vez en lo cotidiano llevamos una vida muy imaginaria, y pareciera que ya no necesitáramos de la literatura: esa relación que tenemos con la muerte, con los mitos, es tan cercana a nuestra vida...

"Creo que una literatura madura, completa, es la que tiende hacia las dos zonas de la existencia, la realista y la imaginaria. México está ya en ese momento de hace mucho. Yo siempre he buscado que estén ambas caras de la vida, de las cosas, del hecho literario. Me acuerdo en el 77, con el libro *Miedo ambiente*, que llevaba una sección realista, social, de carácter político, pero también llevaba una sección fantástica, imaginaria, absurda, que fue, inclusive, severamente cuestionada en *El caimán barbudo*..."

Leo Eduardo Mendoza

La señorita Green

Ésta era una mujer, una mujer verde, verde de pies a cabeza. No siempre fue verde, pero algún día comenzó a serlo. No se crea que siempre fue verde por fuera, pero algún día comenzó a serlo, hasta que algún día fue verde por dentro y verde también por fuera. Tremenda calamidad para una mujer que en un tiempo lejano no fue verde.

Desde ese tiempo lejano hablaremos aquí. La mujer verde vivió en una región donde abundaba la verde flora; pero lo verde de la flora no tuvo relación con lo verde de la mujer. Tenía muchos familiares; en ninguno de ellos había una gota de verde. Su padre, y sobre todo su madre, tenían unos grandes ojos cafés. Ojos cafés que siempre vigilaron a la niña que algún día sería verde por fuera y por dentro verde. Ojos cafés cuando ella iba al baño, ojos cafés en su dormitorio, ojos cafés en la escuela, ojos cafés en el parque y los paseos, y ojos cafés, en especial, cuando la niña hurgaba debajo de sus calzoncitos blancos de organdí. Ojos, ojos, ojos cafés y ojos cafés en cualquier sitio.

Una tarde, mientras imaginaba que unos ojos cafés la perseguían, la niña se cayó del columpio y se raspó la rodilla. Se miró la herida y, entre escasas gotas de sangre, descubrió lo verde. No podía creerlo; así que, a propósito, se raspó la otra rodilla y de nueva cuenta lo verde. Se talló un cachete y verde. Se llenó de raspones

De *Textos extraños*. Folios Ediciones, México, 1981.

y verde y verde y nada más que verde por dentro. Desde luego que, una vez en su casa, los ojos cafés, verdes de ira, la nalguearon sobre la piel que escondía lo verde.

Más que asustarse, la niña verde entristeció. Y, años después, se puso aún más triste cuando se percató del primer lunar verde sobre uno de sus muslos. El lunar comenzó a crecer hasta que fue un lunar del tamaño de la jovencita. Muchos dermatólogos lucharon contra lo verde y todos fracasaron. Lo verde venía de otro lado. Verde se quedaría y verde se quedó. Verde asistió a la preparatoria, verde a la Universidad, verde iba al cine y a los restoranes, y verde lloraba todas las noches.

Una semana antes de su graduación, se puso a reflexionar: "Los muchachos no me quieren porque temen que les pegue mi verdosidad; además, dicen que nuestros hijos podrían salir de un verde muy sucio, o verdes del todo. Me saludan de lejos y me gritan: 'Adiós, señorita Green', y me provocan las más tristes verdes lágrimas. Pero desde este día usaré sandalias azul cielo, aunque se enojen los ojos cafés. Y no me importará que me digan señorita Green porque llevaré en los pies un color muy bonito".

Y así, esa misma noche, la mujer verde empezó a pasear luciendo unas zapatillas azules que les recordaban el mar y las tardes de cielo limpio a quienes las miraban. Aunque dijo "un color muy bonito" un tanto cursi y verdemente, sin imaginar lo que implicaba calzarse unas sandalias azules, la suerte le cambió. Cuando la mujer verde pasaba por los callejones más aburridos, la gente pensaba en peces extraños y en sirenas atractivas; una inesperada imaginación desamodorraba las casas.

– Gracias, Mujer Verde – le gritaban a su paso.

Si la mujer verde salía a dar la vuelta en la madrugada, aquellos que padecían insomnio llenaban sus cabezas con aleteos alegres y cantos de aves y vuelos en cielos donde la calma reposaba en el horizonte; luego, dormían soñando que una mujer azul les acariciaba el pelo.

Pronto, la fama de la mujer verdiazul corrió por la ciudad, y todos deseaban desaburrirse, o curarse el insomnio, o tener sueños fantásticos, o viajar al fondo del cielo azul.

Una tarde mientras la mujer verde descansaba en su casa, tocaron la puerta. Ella se arregló su verde cabello y abrió. En el quicio de la puerta se encontraba un hombre, un hombre violeta, violeta de pies a cabeza. Se miraron a los ojos. La mujer verde vio un dragón encantador. El hombre violeta vio una cascada de peces. El hombre violeta se acercó a la mujer verde y la mujer verde se acercó al hombre violeta. Entonces, un dragón violeta voló hacia la cascada y ahí se puso a jugar hasta que se dejó ir en la corriente de peces.

Luego, cerraron la puerta.

Bodas de fuego

Un cerillo, ataviado de novio, sale hacia la iglesia. Al llegar, se entera, por boca de los cerillos parientes, que la novia escapó en compañía de un cerillo vestido de amante. El novio frota su cabeza contra la desgracia y aparece un pequeño bonzo ardiendo bajo el cigarro.

De *Gente de la ciudad*. Fondo de Cultura Económica, México, 1986.

Nuestro pequeño gigante

a Myriam y Paco

Antes de que otro sentimiento sea confesado, pido una disculpa sincera a todos los enanos por las palabras que vendrán. Mi intención nunca ha sido ni será herir su comprensible delicada sensibilidad; muy por el contrario, deseo dejar constancia de mis limitaciones ante un enano con el que me topé en alguno de nuestros ya muchos camiones.

Me subí a uno de los llamados Delfines en la parada prohibida de la Glorieta de Insurgentes, en una hora de la mañana de poco pasaje. En el momento en que el camión se ponía en marcha, apareció un enano que, dirigiéndose al chofer, dijo:

–¿Se puede echar una tocadita, compa?

El chofer, acostumbrado a las peticiones de estos artistas de la calle, aceptó con un movimiento de cabeza. El enano avanzó hacia el centro del pasillo; cargaba una guitarra que entre sus brazos parecía violonchelo. Un extraño aparato negro, semejante a un radio portátil, colgaba de su hombro derecho. Vestía chamarra de mezclilla, camiseta azul deslavada y pantalones de pana roja que con sus valencianas cubrían casi por completo los zapatos del solista, pues de éstos sólo asomaba la punta café. Era moreno, pelo negro, nariz chata, cejijunto. Debía tener alrededor

De *Textos extraños.*

29

de cuarenta años; parecía de veinticinco. Desenvuelto, seguro de sí mismo, simpático. Pero había además otro detalle curioso: de la cintura hacia arriba no parecía enano; de la cintura hacia abajo sus curvadas piernas lo delataban. En fin, tenía cierto parecido con un baladista bajo de estatura originario del sureste del país, pero sobre todo con el pequeño gigante de la canción romántica, un carioca afectado seriamente por la poliomielitis. En ellos seguramente se inspiró y su ejemplo sigue en los foros del transporte urbano de nuestra ciudad.

Los escasos pasajeros teníamos puesta nuestra atención en cada uno de los movimientos de aquel artista, quien no parecía darse cuenta de la curiosidad que levantaba, o lo disimulaba muy bien. El enano accionó su extraño aparato, afinó su gran guitarra, abrió otro poco el compás de sus piernas, recargó la espalda contra el borde de un asiento ocupado por una señorita de lentes, la que se recorrió de inmediato hacia la ventanilla, y se escucharon los primeros acordes de un exitoso bolero.

El sonido de la guitarra parecía duplicarse en un ruido chillón que nadie atinaba a comprender su origen; la voz del hombre estaba educada a pesar de sus mañosos agudos. La canción hablaba de una mujer de la cual el hombrecito estaba enamorado desde la primera vez que la había visto. Según esto, él cantaba bajo un balcón; ella lo despreciaba con firmes y meditados desaires. El cantante insistía, pues su amor a no dudar era de los buenos, lo juraba por alguna de las vírgenes mexicanas. Al final de la pieza, ella le da largas y él le advierte a la pequeña ingrata que no desistirá, llora lágrimas amargas, se lamenta un ratito y termina la canción con varias diestras pisadas de requinto clásico que se duplican aún inexplicablemente.

Mientras el enano cantaba, nadie puso cara de ensoñación. Todos nos encontrábamos muy serios y, menos compungidos que horrorizados, nos mirábamos unos a otros sin hallar complicidad. Todavía no terminábamos de componer nuestros pocos pensamientos claros, cuando el pequeño gigante hizo sonar de nuevo su guitarra. En esta ocasión el bolero hablaba de que al cantante lo había abandonado su mujer, una mezquina traición la había puesto lejos de él. Un tercer enano era la causa de tal desequilibrio de emociones. En fin, todo giraba en torno a la soledad, la tristeza y la desgracia del pequeño artista. Un largo lamento de principio a fin.

Entonces, logré atisbar la razón por la cual nuestras caras no mostraban más que seriedad.

Lo peor se encontraba en las imágenes que se desprendían de las letras de los boleros. Uno no podía más que pensar en la enanita asomada desde su balcón; en que ella, después de reiteradas serenatas de su pretendiente, accediera al noviazgo y luego al casamiento. Y al último, la traición de la pequeña mujer y del amigo de la casa: la desgracia del enano y su infinita borrachera. Supe que nadie puede ponerse romántico ante un enano que canta, a menos que sea también enano.

Sin embargo, el problema parecía no surgir de él;

sino tal vez de nosotros, los pasajeros aterrorizados por las visiones que nos asediaban en un delfín, a las diez de la mañana, que nos dirigíamos a nuestras grandes oficinas donde nos recibirían nuestros jefesotes.

Mientras tanto, el enano recorrió de ida y vuelta el pasillo recogiendo sendas monedas; caminaba orgulloso, contento debido a la abundante recompensa. Cuando se acercó a mi lugar y después de darle una moneda de siete lados, me atreví a preguntarle sobre la función de aquel extraño aparato negro. Me contestó que se trataba de un amplificador, sabe usted, de pilas. Caminó hacia la parte delantera del camión; en la siguiente esquina se bajó. Ya en la calle, dirigiéndose al chofer, gritó:

—Gracias, compa.

Terca redondez

a Virginia y Bernardo Ruiz

Calvos, imprudentes y cínicos, cabeza de coco, de banqueta a banqueta asoman sobre el pavimento los topes. Necios, en hilerita, oreja con oreja, son la urticaria eterna del chapopote. Uno los supone primitivos hombres de fierro enterrados hasta las cejas, siempre sumisos, sabedores de la tierra y las lombrices, firmemente inquietos en el día, con redondos sueños de hule durante la noche. Son el otro rostro perfecto de los baches.

De *Gente de la ciudad.*

Complicada mujer de tarde

a Neda y Enrique Anhalt

Tomaron el habitual acuerdo de encontrarse a las seis de la tarde, en el *Parnaso* del centro de Coyoacán. Usted sabe perfectamente que la mujer es puntual, exacta como la lenta caída del sol; por ello usted llegó diez minutos antes, buscando la tranquilidad. Además, le gusta verla arribar a los sitios entre las sombras vespertinas, en sus entallados pantalones de pana café oscuro o verde seco, bajo su cabello rojizo, rizado y corto. Le gusta la manera en que levanta el brazo para saludarlo desde la sonrisa lejana de su rostro trigueño, la forma cadenciosa en que se abre paso entre las mesas. Luego, usted se levanta y la recibe con un beso en la mejilla, la invita a sentarse, le acomoda el asiento a sus espaldas, le musita algún elogio a sus zapatos cafés de tacón bajo, sobrios como la luz ocre que se estampa en los muros de la iglesia de San Juan Bautista. Usted prefiere que ella inicie la conversación, pues la sabe llena de palabras, muchas y diversas palabras, descripciones jocosas, experiencias que se han disipado pero que toman fuerza en los recuerdos de ella. También le gusta escucharla por su voz firme, entre aguda y grave, de pronunciación correctísima, y por esos labios que dibujan claramente sonidos en la boca apenas delineada.

Frase de Germán List Arzubide. De *Gente de la ciudad.*

35

Cuando usted la conoció en aquella fiesta que terminó en *El Riviere*, centro nocturno animado por el Combo San Juan, la pensó una mujer delicada, de familia enriquecida, lo cual le hizo opinar que ella se encontraba fuera de su natural ambiente. Con el tiempo se enteró de que su intuición era justa, pero con el matiz de que la mujer había estudiado física y no derecho como había sido la costumbre familiar. Durante las primeras pláticas que sostuvieron en los días siguientes, usted percibió en ella una cólera acechante, afilada con los años, retenida en el mayor esfuerzo, y optó entonces por no despertarla. Le puso en el rostro cariños ligeros y ternuras tan perfectas como las margaritas menudas. No deseaba que de ella surgieran los vocablos tremendos, duros irreversibles, hacia usted; sólo escucharla, verle sus modulados ademanes, el movimiento de manos largas y ojos sepia, o tomar el café, la forma en que fuma, nada más. Que orientara su enojo existencial hacia otro tiempo, alguna significativa ausencia, o hacia los años perdidos en esa difícil vereda que ahora los ponía juntos. Pero palabrasgolpe que estuvieran más allá de los lindes de sus reuniones por la tarde.

En esas circunstancias, sus diálogos se convirtieron en una especie de combate delicado, ceremonioso, apenas percibido por ella, pues de usted partía la estrategia de una tregua sin que hubiera mediado guerra alguna. Usted supo que en una situación así lo mejor era adoptar la más sutil de las ambigüedades, teniendo de su parte el sí y el no confundidos o preparados para trocarse uno en el otro en cuanto

36

una opinión de la mujer pretendiera maniatarlo. De esa manera usted fue preservando el tiempo largo que ambos se permitían y que siempre se disipaba en la primera oscuridad de la noche. Se despedían amablemente y las palabras de ella lo acompañaban.

Entre los secretos de usted se encuentra su inclinación por mirar a las mujeres, por escucharlas, por percibirlas en sus diversas manifestaciones, sin que forzosamente tenga que sobrevivir la hechura del amor. De ellas, usted puede retener una manera de bailar solamente, una mirada intensa que usted captó en el interior del descuido, o la forma de tomar un vaso en esos instantes de profunda intimidad de las mujeres. Desde luego que usted no ha hallado la posibilidad de manifestarle esta inclinación, pues entiende que tomaría contra usted un gran resentimiento desde sus veinticinco años. Esto complicaba aún más sus relaciones; usted debía mostrar naturalidad y poco interés en ella, de momento interesarse demasiado y luego emprender una cautelosa retirada, o con maestría llevar hacia otro terreno un tema que podría acercarse a la dificultad. Se trataba, pues, de proteger su embozado fetichismo, que sabía anacrónico, pero no populista, pues usted se acerca a las mujeres que le pueden remover sensaciones de luz y regocijo pausado, semejantes a los atardeceres que viste un calmo mar, o a las reflexiones felices que se levantan desde las luces azafrán desperdigadas y bulliciosas de una sudorosa y rica vegetación.

La mujer que usted estaba esperando ante una taza de café, sumido en la mansedumbre que otorga el ocio acariciado, esa mujer, con quien departía en esta sucia y densa ciudad, ya lo había llevado, a través de sus ojos sepia como río aromático, al placer de los paisajes originarios que han gozado decenas de generaciones. Ella quizá había presentido los viajes que usted realizaba en el húmedo mirar de la mujer, y por ello, sin proponérselo, condescendía al arreglo cuidadoso y limpio. La vez del suéter púrpura que se iba diluyendo en lilas hacia los hombros, sembrado hacia el medio menudas flores siena, o cuando la discreta peineta oro viejo atajaba hacia su izquierda los rizados cabellos rojizos como si un antiguo sol fuera metiéndose entre las espumas que él mismo pintaba. Quizá ella había sentido las visiones maravillosas que provocaba en usted. Quizá también por eso la que usted llegó a denominar "complicada mujer de tarde", se iba a los *jeans* deslavados y a la blusa sobria como indicándole vías hacia paisajes nuevos, urbanos, fatales. Pero usted aparentaba no darse cuenta y se metía en el combate blandiendo su pulida ambigüedad, moviéndose ágilmente ante las contradicciones, las insinuaciones oscuras de la cólera, el mensaje que dando giros entre lucubraciones y trampas se refería a usted de manera velada.

En esas tardes usted sentía la necesidad de confesarle su fetichismo y explicarle las bondades de relacionar a la mujer con las fuerzas de la naturaleza; que en especial ella le había despertado luminosidades con sus vívidas historias, su pelo, sus ojos, su nariz pequeña, sus parvos labios, con su cuerpo firme de mediana estatura. Que no se trataba de un miserable fetichismo de burlesque, del cual también renegaba. Pero se detenía cuando la confesión estaba a punto de brotar, pues aseguraba que la complejidad aumentaría debido a que se vería obligado a manejar un discurso filosófico y ridículo, poético y pueril, adicionándole las reflexiones de ella, sus preguntas metódicas, sus objeciones matemáticas, sus argumentos contestatarios. Y entonces la batalla se inclinaría ostensiblemente hacia el territorio de la "complicada mujer de tarde".

Estos pensamientos de usted transcurrieron entre las diez para las seis y las seis y veinte ante una mesa del *Parnaso*, sin que usted se diera cuenta del andar del tiempo. Miró el reloj y se enteró de los minutos idos, cierta inquietud modificó el sentido de su ocio; por la consabida exactitud de la mujer, supuso problemas delicados, contratiempos monstruosos, tragedias ineludibles. Miró hacia la iglesia, ruta por la que ella siempre llegaba; inquieto, la vio aparecer justo en la acera contraria a la del *Parnaso*. Su cabello era más rizado que otras veces, una blusa guinda oscuro, suelta, reposaba sobre sus caderas, de las cuales descendían unos *jeans Edoardos* que remataban en tenis también guindas. Desde aquella acera ella lo descubrió y agitó el desnudo brazo derecho; usted observó el dibujo agradable que formó una sonrisa en el rostro trigueño, la sonrisa de siempre.

En el instante en que ella atravesaba la calle, usted empezó a descifrar los símbolos con que ella venía ataviada. Todo era igual a otras ocasiones, pero hoy había algo novedoso y alarmante: veinte minutos de retraso combinados con una naturalidad demasiado artificiosa y un cabello violento. Quizá fuera ésta la última batalla.

Zapatos de tacón rojos para mujer linda

a Magali Lara

A los zapatos rojos los colorearon de manzana. Los zapatos rojos se ven bien en el zapatero, en el buró, o abandonados al pie de la cama. Con unos zapatos rojos los pies son importantes. A veces los zapatos rojos piensan. A los zapatos rojos les pusieron chapas por todos lados. Los zapatos rojos saben esperar. Los zapatos rojos son sinceros. Los zapatos rojos son el corazón de los pies. Los zapatos rojos se parecen a la mujer linda. Los zapatos rojos van bien con un vestido ajustado, o con uno amplio. Los zapatos rojos van bien sin vestido. Los zapatos rojos son medio gitanos. Los zapatos rojos son los labios de la sensualidad. Los zapatos de tacón rojos son amigos de los zapatos de tacón negros. Los zapatos rojos desean desnudos a los pies. Los zapatos rojos están pintados de amor. Los zapatos rojos atraen a pequeños minotauros. Los zapatos rojos son el sueño realizado de los pies. Los zapatos rojos siempre llevan a una bailarina.

De *Cuaderno imaginario*. Diana, México, 1990.

El hombre de la penumbra

Eran las nueve de la noche en la oscuridad que descendía sobre los edificios del Distrito Federal. Buena parte de los comercios yacían en la penumbra, mientras otros empezaban a cerrar. Las oficinas se encontraban también en silencio, con la ausencia del tráfago de papeles y papelitos, sin el ruido de las máquinas de escribir ni el del timbreteo de los teléfonos. Soledad y mutismo sobre escritorios y anaqueles tristes; las tazas del café desperdigadas por los amplios locales como si sus dueños las hubieran abandonado de súbito debido a alguna urgencia inexplicable, como si la vida hubiera renunciado a prolongarse en aquellos recintos. Pero no en todos había ausencia, pues existen hombres quizá extraños, quizá un tanto locos, quizá muy responsables, ¿quién lo sabe?, que perduran en las oficinas sin resignarse a abandonarlas del todo. Sin remedio, suelen vivir largas horas en su escritorio. Pareciera que el mundo les hubiese consignado evitarles la melancolía a archiveros y cajoneras, a sillas giratorias y alfombras.

Se extienden a lo lejos las hileras de muebles, soportando sus peculiares y altos cerros de papel. En su perdurar nocturno el espacio de la oficina se abre prácticamente hacia el infinito, donde el tiempo se ha detenido en una extensa noche sin tiempo. Pero en algún recodo del laberinto de canceles está El Hombre de la Penumbra, aún sin perder la

De *Gente de la ciudad.*

43

elegancia, puesta su corbata de franjas oblicuas sobre la blanquísima camisola, su traje necesariamente de tonalidades apagadas. Hombre la mayoría de las veces moreno, delgado, un poco mal parecido a causa de una nariz ladeada o de un rictus en la boca que desgarra el rostro. Mira con particular insistencia hacia la amplia tabla de su escritorio semejando una de esas esculturas modernas demasiado realistas.

En algún momento de aquella tarde, cuando sus empleados y sus compañeros se despedían y las secretarias le daban el último retoque a sus mejillas antes del clik en los bolsos, el De la Penumbra levantó el auricular de su extensión, llamó a su casa y le explicó a su mujer que más tarde iría, que no lo esperara a cenar, que por cualquier asunto de urgencia le telefoneara a la oficina. Pero la mujer en verdad no lo llamaría nunca, ella estaba en el sobrentendido de que su esposo se encontraba siempre allá, del otro lado del DF, en la gran oficina. En los primeros años del matrimonio sí lo llamaba, primero por inexplicables celos, luego por el aburrimiento que la asediaba sin tener todavía niños y, al último, cuando vinieron, sólo por pura curiosidad, hasta que un día no llamó más. Esperaba el cotidiano telefonazo de él para después proseguir con los quehaceres de la casa, dormir niños, preparar el recalentado, quitarse el maquillaje que su esposo no vería, esperar el ruido de la cerradura viendo la televisión y recibir apaciblemente al Hombre de la Penumbra. Pues en el fondo era muy buen hombre; los fines de semana iban al campo, tenían hasta dos autos, a veces la llevaba a algún cine a la última función. La presentaba orgulloso en las fiestas de los compañeros de la oficina. En estas reuniones ella lo admiraba, ya que su esposo siempre tenía una anécdota que platicar o un comentario exacto sobre cualquier tema; era sabio debido a sus lecturas anuales en los Compendios de los Acontecimientos más Importantes del Año. Es más, el De la Penumbra siempre ha tenido las fotografías de su esposa y sus tres hijos al frente del escritorio. Es decir, acepta ser un hombre casado.

Después de aquel telefonazo vespertino-nocturno, El Hombre de la Penumbra se fue despidiendo de sus empleados, que él llama "mi gente", y de los otros compañeros, hasta irse quedando solo entre las densas sombras, ya que los empleados de Intendencia van apagando paulatinamente las zonas que se desocupan y dejan, al último, la de nuestro hombre, quien comienza a habitar ese espacio infinito de la extensa noche sin tiempo. En tanto se acercan las diez de la noche desde fuera de la oficina, él revisa un documento que prácticamente se sabe de memoria y al cual llama "mi proyecto". Luego, en tarjetas y tarjetitas dibuja perfiles de mujeres semejantes a las de las revistas femeninas, perfiles que aprendió a dibujar en algún manual que podría titularse *El rostro de la mujer en diez fáciles lecciones*, o reproduce los personajes de las tiras cómicas de su infancia para regalárselos a su hijo más pequeño, o ensaya su caligrafía, o realiza hileras eternas de números. Pero lo que más le agrada es tener únicamente extendido el brazo sosteniendo el lápiz amarillo en actitud de estar escribiendo, sus ojos puestos sobre la tabla del escritorio, o mirando los ventanales como si los ventanales tuvieran en sus vidrios un grandioso pequeño mundo al cual hubiera que descifrar sólo durante las noches. Y no se impacienta: "guardar la calma" es otro de sus preceptos fundamentales.

En su no tan remota juventud, era ya un acabado hombre formal, distinguido, elegante, caballeroso. Los jefes a cuyas órdenes él trabajaba, en múltiples ocasiones sufrían íntimas vergüenzas porque más bien ellos parecían los subordinados. Por aquel entonces fue que tomó las costumbres noctámbulas, puesto que representaban "un punto a su favor", como él decía intentando convencer a "su gente", refiriéndose a los sistemas de trabajo que enarbolaban sus jefes. Desde luego que dicha actitud le trajo con el tiempo felices frutos porque llegó a ser Jefe de Departamento, luego Subdirector, hasta que, años más tarde, ascendió a Director después de la sorpresiva renuncia del que fuera su antecesor. El Hombre de la Penumbra duró seis meses en el cargo, quizá el tiempo más glorioso de su vida, hasta que fatalmente vino el cambio de administración, y de una sola caída regresó hasta su antigua Jefatura de Departamento, ese lugar jerárquico donde todavía se encuentra. Desde entonces su mujer lo admira más, aunque con cierta inconfesada tristeza, al ver la paciencia y el empeño de su hombre.

A pesar de aquel abrupto descenso, siguió vistiendo con la mayor pulcritud, sus modales fueron siempre los de un caballero y nunca reclamó nada; su lenguaje continuó siendo el de la sabiduría de los compendios, del cual gustó por influencia de algún tío parlanchín o de un decadente abuelo administrador público privado. La costumbre de "echarse puntos a su favor" prosiguió hasta las diez de la noche de todos los días laborables. A ciencia cierta, sabe que los jefes regresan a la oficina después del horario normal debido a cualquier asunto que sus demasiados compromisos no les permitieron resolver. O sabe que la rendija de luz al pie de la puerta de su jefe inmediato o mediato se transformará de improviso en un gran rectángulo de luz y humo, mientras se escuchan voces que ríen y platican desenfadadamente y que se convierten en tres o cuatro hombres de portafolios que salen, en tanto uno de ellos se desprende del grupo y se acerca al recodo de canceles donde se encuentra la escultura que representa nuestro hombre, quien escucha:

–¿Qué está haciendo aquí, a estas horas, Rodríguez? –dice el jefe al tiempo que pone un brazo sobre el hombro del De la Penumbra, despidiéndose de él para irse a reunir con los otros.

–Ya me iba –explica inútilmente Rodríguez, pues el jefe mediato o inmediato ya no lo escucha.

El Hombre de la Penumbra vuelve su mirada hacia los ventanales, pensando todavía que en cualquier momento puede regresar el licenciado. Su brazo seguirá extendido como si escribiera, desde el cielo oscuro del Distrito Federal entrarán las diez de la noche; Rodríguez se levantará de su silla giratoria, se abrochará el segundo botón de su saco gris y, con pasos seguros, distinguidos, se dirigirá a donde lo espera su mujer.

Trashumante potril (III)

El pastor imaginario que lleva sus potros de niebla a los terrenos de la memoria. // Dícese del potro de humo que agita su crin de vaho mientras atraviesa los velos del amanecer.// Fantasmal comparsa de pastores que viaja eternamente sobre potros de pesadumbre, cuyas siluetas entre humos, semejante a sombras chinescas que representan un drama japonés, han sido descubiertas en el alba campirana durante los cambios de estaciones. En las localidades donde la gente se ha encontrado con ellas, se dice que es un buen presagio contra las epidemias, aunque se ha llegado a afirmar que después de una visión tan depresivamente maravillosa las enfermedades arrazaron con los animales de esa zona. Se cuenta también –aunque esto ya entra en el nivel de la superstición– que los viejos pastores moribundos se unen a esa comparsa neblinosa o que ésta va por ellos. Las viejas de los pueblos entonces lloran como locas mientras un ámbar pálido reverbera tímido en los bordes de la montaña y las sombras difusas de hombres y caballos se evaporan entre los primeros tonos de verde que la mañana descobija.

De *Cuaderno imaginario*.

La Cochinilla

La mejor defensa de la cochinilla es convertirse en perdigón inofensivo. La cochinilla es un pequeño invento antiguo que pasa desapercibido: por ejemplo, cuando se la descubre al levantar la piedra del jardín y corre presurosa, es una pequeñísima locomotora que avanza alocada sin vía precisa. Es un vehículo blindado de la primera diminuta guerra mundial. La cochinilla es una munición con patas. La armadura de la cochinilla anda horizontal, como si fuese preparada al ataque. En un diminuto museo, en el seno mismo de los bosques de Nottingham, a la orilla del Trent, se exhiben varios yelmos, corazas y panceras pequeñitos pertenecientes a armaduras antiguas que son cochinillas disecadas. Las piedras y losetas que cubren la hojarasca, los yerbajos, el pasto solitario o la tierra húmeda, son los tradicionales castillos de las embozadas cochinillas. Bajo la perfecta armadura de la cochinilla no hay nadie. La modernidad tiene sin cuidado a las cochinillas; viven serenas bajo la histórica loseta que las mantiene aisladas, oscuras, distantes, primigenias, promiscuas, ermitañas, honestas, justas, aceradas.

De *Cuaderno imaginario.*

Carta del pirata Witold

Esa noche de pesadumbre, abrumado por sueños ominosos y sonidos de intranquila duermevela, que revoloteaban a su espalda, el hombre se sentó ante su *secretaire*; subió la cortina de tiernos bambúes, dispuso papel y tintero, tomó el manguillo, entintó la plumilla y empezó a escribir como si sólo estuviera transcribiendo el dictado de alguna de las voces que hablaban desde su nube onírica:

Paloma: *luego de noches de desconcierto, por fin leí en las frases que no dijiste; fue bueno que no las pronunciaras, benéfica tu discreción y dolorosa mi lectura. De mi parte, lo sabes demasiado bien, tengo la palabra del Caballero de la Madera China y la cumpliré como es prudente, silencio tras silencio. Mi hermetismo será idéntico al fruto del mensaje que nadie encontrará en esta botella: "En mi corazón, que es una manzana verde tallada en caoba, se construyeron varios, distintos y caprichosos compartimientos; abres el cajón que tiene dibujada una diminuta ave y hallarás un dado de vidrio que en todas sus caras tiene incrustado el número del cariño que te tengo, tómalo, míralo, dale vuelta, observa sus aristas romas debidas al meticuloso empeño de mi amigo el artesano chino que falleció abrasado por la flama de un dragón que se volvió loco; dale vueltas al dado sobre la*

De *Cuaderno imaginario*.

53

palma de tu mano, detenlo; pésalo, cierra el puño y siente el calor tibio de su luz de luciérnagas. Ahora, con delicadeza, guárdalo en la posición que gustes; así está bien, pues cualquiera de sus rostros nos dará la razón. Por ahora, ese cajoncito está cerrado y lo protege una fina cadena de oro y un macizo candado de relojería; dentro se quedó, dormitando, tu pequeño cubo lumínico. Al final de cuentas, resultó mejor que sólo hubiera un parche negro sobre la faz del pirata, que la total obscuridad de los océanos, ¿verdad?

Witold"

El hombre dejó el manguillo en el tintero, se levantó, con pasos apesadumbrados fue hasta la ventana; miró hacia la noche, el rumor del mar oculto lo reconfortó. La tonalidad de su nube extraña era gris y le caía a Witold a manera de capotón; desde esa densa capa, a intervalos imprecisos, se escuchaban voces que gemían.

Para escoger

a Rubén Bonifaz Nuño

Las coladeras son bocas con sonrisas chimuelas. Las coladeras han perdido los dientes de tanto que las pisamos. Sin coladeras la vida sería demasiado hermética. Las coladeras están a nuestros pies. Las coladeras son las bocas de fierro de la ciudad. Las pobres coladeras están ciegas. Las coladeras son pura boca. Las coladeras se ríen de los nocturnos solitarios. De coladera en coladera se llega a la colonia Roma. Las coladeras son amigas de los borrachos. Por las coladeras se entra al otro Ditrito Federal. Las coladeras envidian a las ventanas. Las ventanas nunca miran a las coladeras. Las coladeras son simpáticas, aunque eructen muy feo.

De *Gente de la ciudad.*

La Gertrudis

a Marco Antonio Campos

Esta noche, cuando llegué a mi cuartito, me puse a
llorar y, luego de calmarme, la tristeza no se ha ido.
Me dieron ganas de escribir esta carta para nadie,
pues no creo que alguien pueda interesarse en mi
historia. Y esto lo digo no porque esté viejo, flaco,
me falten un par de dientes y siempre haya sido
medio feo, sino porque mis ocupaciones nunca fueron
interesantes ni ha cambiado para nada mi situación
en la sociedad durante toda mi vida. Muy joven
empecé como vendedor ambulante ofreciendo huevos
de caguama en el cruce de Palma y Tacuba, en el
Centro, y, a veces, durante las noches, en algunas casas
de citas; posteriormente vendí planchas de pésima
calidad por los rumbos de Clavería y Azcapotzalco.

Vendí huevo a domicilio, despensas *Del Fuerte*, ropa
para sirvientas. Y siempre pasé de traficar una cosa a
traficar otra sin fortuna, sin poder reunir nunca unos
ahorritos. Estuve soltero hasta los cuarenta y tres años;
apenas podía sostenerme a mí mismo.

Algunos amoríos de zaguán y hotelito, pero nunca
nada en firme. Cuando empezó a calarme muy duro la
soledad, me encontré a la Gertrudis.

Hoy en día atiendo un pequeño puesto de periódicos en la Doctores, colonia que se ha puesto retefea;

De *Gente de la ciudad.*

pero ahorita ya no tengo ganas de seguir con el negocio. Ya no me importa que sea de noche o de día, o que llegue tarde por los periódicos.

En Ciudad Nezahualcóyotl parece siempre de tarde y me da igual. Y para acabarla de amolar, el jueves pasado una camioneta chocó en la esquina donde está mi puesto y me lo dejó todo chueco. Hace rato venía pensando que nada más me faltaba que me cagara una paloma de la Catedral. Si antes del choque mis ventas habían bajado, ahora con el retorcimiento de fierros las gentes se van alejando y pasan de largo hacia Vértiz o, al contrario, hacia Cuauhtémoc, a los puestos grandes donde les cabe más variedad de revistas, libros y periódicos en sus casetas.

Debo reconocer que sí hubo un momento de mi vida en que mejoré mi situación económica. Había un señor, después supe que era licenciado, un muchacho joven él, hablador y que siempre tenía un chiste en la punta de la lengua, mediocalvo y delgado como yo, que me compraba *La Prensa* y revistas de mujeres desnudas. Se veía que yo le caía bien o que le causaba lástima, pero lo importante era que me decía don Chucho y no Chucho, como me dicen en la Doctores. Bueno, este señor me dijo, mientras hojeaba una *Caballero*, que si no me gustaría irme a trabajar con él a su oficina, como mensajero. Paluego es pronto le contesté que sí; a los pocos días me llevé mi puesto a mi casa y le dije a mi vieja que iba a trabajar en una oficina. A ella le gustó la idea, pues yo iba a ganar buena lana, con la cual podríamos ir a Villa del Carbón o a Oaxtepec algunos fines de semana. Además, a la

58

Gertrudis le agradaba arreglarse y ponerse guapetona.

Me junté con mi vieja ya en edad avanzada. La Gertrudis tenía como cinco años de haber enviudado y de andar del tingo al tango sin hombre seguro. Sus dos muchachos vivían en los Estados Unidos; al principio ellos le mandaban algunos dólares, pero luego les perdió la pista. Aseguraba que se los habían matado, pero yo digo que todavía han de andar por ahí, viviendo bien, sin importarles su madre. En fin, mi vieja y yo nos acompañábamos y nos ayudábamos; ella ponía una mesita afuera de la vecindad para vender botellias de azúcar, borrachos, chocolates sueltos, chicles *Kanguro* y otras golosinas que los chiquillos del barrio le compraban. Cuando cobré mis primeras quincenas y vimos que nos sobraba dinero, ampliamos el negocio y ella empezó a vender chocolates *Larín*, palanquetas y cocadas, obleas de cajeta y cacahuates japoneses, hasta cigarros, perones piquín y máscaras de luchador. Con esto la Gertrudis empezó a juntar su guardadito de dinero y la vi muy contenta.

En la oficina, la verdad era que muy pocas veces la hacía yo de mensajero; además no iba de traje y sólo usaba unos pantalones y una chamarra decentita, siempre lo mismo, y al llegar a mi casa me desvestía y me enjaretaba mi viejo overol. Bueno, en la oficina, el licenciado que me recomendó, que era el licenciado De la Torre, tan parlanchín afuera como adentro, me presentó con el personal como mandadero o casi lo explicó así: don Chucho está para servirlos, si quieren cigarros, si un refresco o un café, si cualquier cosa, él se los traerá. También me pusieron a sacudir los escritorios, a limpiar los basureros, a empaquetar revistas y a pegarles etiquetas con *Resistol* blanco.

El problema era que se trataba de etiquetar como dos mil quinientos sobres cada mes, aparte los mandados y la limpieza y mil favorcitos. Bueno, aunque ganaba más dinero, comencé a sentirme muy mal, pues de tener mi negocio propio a trabajar de mozo había mucha diferencia, yo que siempre había sido independiente y a mis años.

Poco a poco me fui enojando más y más y el coraje me agarraba cuando oía don Chucho, tráigame unos *Raleigh*, a mí unos *Marlboro*, que váyame a poner este telegrama, ya llegaron las revistas. Aunque a veces les ponía mala cara o me hacía el desentendido, me aguantaba porque veía que la Gertrudis estaba retefeliz y ella me decía no te preocupes, no les hagas caso. Luego, el licenciado De la Torre me dijo que cuando hubiera mucho trabajo me tenía que quedar hasta tarde y el problema fue que cada vez fue habiendo más trabajo. Yo llegaba a la vecindad a altas horas de la noche, sin haberle podido avisar a la Gertrudis; ella me recibía con jetas y malos modos. Una vez hasta tuve que pasar toda la noche en la oficina que porque tenían que entregar varios documentos muy importantes. Esto a mi vieja ya no le gustó, empezó a arremeter en mi contra, sin justificación; la encontraba enojada y me reclamaba, Jesús, no llegues tan de noche, Jesús, qué te estás creyendo, Jesús, me estás viendo la cara de pendeja. Y yo, mujer, no es culpa mía, mujer mira que nos conviene, mujer, reclámale al licenciado De la Torre.

Me encontraba entre la espada y la pared y mi enojo iba creciendo hasta la desesperación.

Llegó un momento en que la Gertrudis ya no me reclamó nada. La veía silenciosa y huidiza. En las noches la encontraba roncando como si yo le importara un comino. La verdad es que prefería sus protestas y sus regaños y no a una mujer callada, hosca, que me aventaba el plato de sopa, no me hacía mis frijoles refritos, que iba dejando el cerro de trastes en el fregadero. Con las ganancias del negocio se compró buena ropa, mientras yo nunca tuve un traje para ascender a mensajero. Pero me gustaba que tuviera sus buenos chales. Pronto empezó a pintarrajearse la jeta como payaso; a veces no la encontraba en la casa cuando yo llegaba temprano. Como en los años cuando la conocí, volvió a darle a la bebida; un día me armó un escándalo en el patio de la vecindad, completamente borracha y mentándole la madre al vecindario entero. Una noche ya no la vi más.

Las vecinas luego luego me dijeron que la Gertrudis había andado en tratos con el del carrito de los camotes, un viejo panzón y bigote estilo Pancho Villa; que cuando el hombre aquel pasaba con su humareda y su chiflido de locomotora, se detenía frente al puesto de los dulces cuando caía la tarde y se quedaba platicando con mi vieja sin importarle sus camotes. Y que después dejó de pasar, pero que en cambio mi mujer levantaba más temprano el negocio y se iba muy pintadita y toda la cosa, y que regresaba muy pizpireta y despeinada. Esto me lo contaron de un jalón y ya no quise escuchar más.

Ni siquiera hice el intento por buscar a la Gertrudis; se veía que aunque vieja le gustaba darle vuelo a la hilacha. Que con su pan se lo comiera. Después de este incidente, con más enojo que nunca, renuncié al trabajo de la oficina, sin darle las gracias a nadie; de la vecindad me cambié a un cuartucho en Ciudad Nezahualcóyotl y el puesto lo volví a poner en la colonia de los Doctores.

Hace rato, cuando venía en el camión, ya de noche, en una parada que hizo el chofer, escuché el silbido de locomotora que lanzan los carritos de los camoteros; me cayó de golpe toda la tristeza que nunca había tenido, o que se me había quedado guardada por ahí. Entré a mi cuarto y me puse a llorar muy fuerte; luego escribí estas hojas que a nadie van a interesar. Y como siento que la tristeza no se me quita y, más al contrario, va aumentando, creo que ya me voy a morir. No encuentro otra explicación.

Tornillos

para mi hijo Rodolfo

Un robot no puede perder ningún tornillo; para volverse loco, extravía una rondana de neuronas. Hay personas que pierden el tornillo adrede. El agujero deshabitado sueña con el tornillo que se perdió en la bolsa de clavos y tornillos. Hay tornillos polígamos, pero tienen por costumbre ser monógamos. Una caja de tornillos es la perfecta sonaja para el pequeño robot. Llenar con tornillos una botella de *Cocacola* puede ser práctico, un acierto artístico, o una acción contestaria. Dicen que el de los pies fue tornillo. Échate por la resbaladilla del tornillo. Señora, mientras está dormido, quítele un tornillo a su esposo y póngalo a soñar con tirabuzones. Detesto la sopa de tornillos, gritó el pequeño robot. Los tornillos de relojería son grandes esculturas. Los trenes echan humo y tornillos; los ferrocarrileros fuman y utilizan los tornillos como pisapapeles. Entre los altos edificios del Centro del Distrito Federal, emerge el enorme tornillo rojo que expone el escultor Sebastián. Las tuercas y los orificios de la pared se odian. Los tornillos que llevan rondana de presión se casaron por la iglesia y el civil en la forma de sociedad conyugal. Los tornillos no se pueden masturbar. El amor loco es un tornillo extraviado. Póngale tornillos a su bomba molotov.

De *Cuaderno imaginario.*

Cuando les dan vuelta a la cabeza, los tornillos no se marean. El dios de los tornillos es el Desarmador, pero no falta el tornillo ateo que pienza que se enroscó él mismo, o el metafísico que ve desarmadores por todos lados, creyéndose él un desarmador degradado. Los taquetes son el preservativo de madera, plomo o plástico. La cuerda de los tornillos no se puede saltar. Los tornillos que se trasroscan se divorcian.

Zacate/estropajo

a Magali Lara

La melena del zacate entra, sale, rodea, baja, raspa, lame, humedece, hace espuma, plaf, en la jabonadura, vuelve, ataca, escurre, se desliza, quita y quita, se empequeñece, se va quedando calva, la arrinconan, la juntan con otra melena, desaparece.

De *Gente de la ciudad.*

Relato con jacaranda

a Russell M. Cluff

Desde varios años atrás el cambio de estaciones se daba de forma incomprensible, en especial la dolorosa mutación del invierno en primavera. Así iba sucediendo durante los primeros días de abril. Calores de pronto quemantes se alternaban con vientos violentos, contundentes, o un aire ligero se acompañaba de un frío filoso, profundo. Luego de tumbos, altibajos, turbulencias, el clima se iba estabilizando y se ahogaba en una monotonía que sutilmente inquieta los deseos.

A pesar de la multitud de construcciones y del inmenso espacio que abarca el pavimento, la vegetación se desparramaba por la ciudad. En algunas zonas era apenas simbólica desde jardineras discretas, botes empeñosos, o uno que otro árbol en las banquetas; pero, hacia el poniente, la vegetación se iba apoderando de las anchas calles. Se detenía en los jardines amplios al pie de las casas, subía a las paredes, saltaba hacia las aceras como ríos verdes y azules y bugambilias.

Fuera de uno de estos predios, en las Lomas de Chapultepec, un hombre de vestir modesto estaba bajo una gran jacaranda. Veía la amplia copa violeta, aparentemente deshilachada; midió la altura, imaginando el ruido estruendoso y el movimiento espectacular que

De *Gente de la ciudad.*

67

produciría el árbol si cayera hacia la calle; quizá alcanzara la otra banqueta y aun lamiera el muro de la casa de enfrente. Muchas veces lo había visto ponerse verde, violeta y sepia de nuevo.

Era el árbol al que más afecto ponía. Le cortaba periódicamente las puntas resecas, castraba retoños que pudieran convertirse en ramas rebeldes. Lo fumigaba, encalaba el tronco en cada reciente descarapeladura. Todo ello lo hizo porque se trataba de una de las jacarandas más grandes, bellas del rumbo, y porque era la jacaranda de Ángela. Como ya había sucedido varias veces aquella mañana, las personas se detenían a verla cuando estaba en flor. Los elogios percibidos al vuelo por el hombre significaban para él una recompensa importante, lo mismo que los comentarios exagerados de Ángela. Unas palabras y otras lo habían hecho sentir que su existencia estaba bien en sus zapatos burdos y sus pantalones de mezclilla, en los cuadros rojos y blancos de su camisola y en su cachucha de beisbolista.

El hombre bajó la mirada, se acomodó la gorra, giró hacia su derecha, se dirigió a la entornada puerta de fierro, entró y cerró dispuesto a cumplir la orden. El portón negro, de dos hojas, se unía hacia el oriente con una larga cerca, y juntos daban un frente de unos cuarenta metros. Las víboras negras de la herrería se elevaban creando caracoles en el centro y rematando en puntas de lanza dirigidas al cielo. Los nudos donde coincidían las culebras del portón y de la cerca eran disimulados por un girasol blanco de lámina; la sucesión de puntas de lanza formaban medias lunas acostadas consecutivamente.

La casa de dos pisos, grande, los muros pintados de blanco ostión mate y la herrería de negro, quedaba a unos treinta metros al fondo; mediaban diversas plantas y algunos árboles colocados de manera estratégica. Una doble fila de arbustos custodiaba el camino recto que dividía en dos el amplio jardín. Por esta vereda iba caminando el hombre de la gorra de beisbolista; llegó casi hasta la puerta principal y dio vuelta a la derecha, donde se perdió tras unos matorrales de manzanitas del amor. Las ventanas de líneas rectas mostraban una arquitectura discreta, precisa, sobria, que contrastaba con la herrería de la calle.

Cuando el hombre entró, Ángela lo vio desde su ventana, en el piso superior, hasta que se perdió de vista. Puso un momento la mirada sobre los violetas de la jacaranda, que volaban sobre la cerca, los miraba como intentando retenerlos; después, les dio la espalda y, rodeando la cama, fue hasta el clóset. Se dedicó a sacar su ropa, a ordenarla según el tipo de prenda sobre la colcha de gobelino guinda y dorado.

Ángela era una mujer alta, delgada, linda. El cabello negro le rozaba las medias lunas de los hombros, su tez más bien clara que trigueña. Bajo los ojos grises, ojeras tenues se desvanecían hacia pómulos apenas marcados; nariz recta sin ser fina, boca de grandes labios. Senos separados, sugerentes y generosos a un tiempo. Cintura delgada, cadera madura, piernas largas, Ángela tenía veintisiete años. Un calor quemante empezaba a ascender hacia la frescura donde la mujer seguía acomodando su ropa. Pensaba que en esta ocasión no lloraría.

Desde que dejó la mesa, en la planta baja, luego de su largo silencio tras las palabras que le expuso al licenciado Humberto Mateos L., se prometió que no lloraría. Antes de bajar, Ángela había decidido no levantarse hasta que terminara el último ritual en el que ella participaría en esa casa, pasara lo que pasara. La firmeza le nacía de una comprensión especial, que le tomaba espíritu y cuerpo, llena de sentimientos contradictorios, pero por primera vez ante un camino claro, definitivo. Tristeza, vértigo, odio, lástima, cariño, se mezclaban de golpe. Bajo esta diversidad de sensaciones estaban la angustia y el miedo, duros, secos, dolorosos, no lo podía negar ni lo deseaba pues también eran determinantes. En los anteriores intentos por abandonar la casa había fracasado, hundiéndose en otra multiciplicidad anímica. Amenazas, chantajes, dudas, culpabilidad, llanto, la hacían deshacer las maletas, aceptaba las prebendas que el fracaso en turno le otorgaba. Las escenas de la noche anterior le habían abierto el camino, desencadenándole el estado emocional que ahora la llevaba hacia movimientos irrevocables.

A las tres de la mañana, Luis Arturo estacionó el Mercedes Benz junto a la jacaranda. Ángela se dio cuenta de que la luz de la biblioteca, en el primer piso, estaba encendida; nerviosa, todavía se quedó media hora más con Luis Arturo. El motivo de la charla no importaba tanto. Al fin se despidió de él, bajó del auto, abrió el portón, atravesó un poco apresurada las sombras del jardín sintiendo el viento frío sobre el rostro y las manos. Entró por la puerta principal, a oscuras se dirigió a las escaleras. Luego de subirlas, de caminar inquieta hacia su habitación, el licenciado Mateos se asomó desde la biblioteca y la llamó.

Aunque sintió ganas de no hacerle caso, la mujer obedeció; una vez dentro, él cerró la puerta con toda calma. Sin pronunciar palabra, el hombre se acercó al sofá de terciopelo verde olivo que tenía delante. De ahí tomó un carcaj que tenía cinco flechas profesionales, se lo puso sobre el hombro derecho. Enseguida manipuló un arco rojo, lo apoyó contra el piso; presionando sobre la punta superior hacia abajo cerró la curva de la madera. Tensó la cuerda colocándola en la ranura ajada; la hizo vibrar como cuerda de violonchelo. Sus movimientos eran hábiles, rápidos, exactos. Preparó una flecha naranja, apuntó hacia un estante de libros voluminosos, giró lentamente hasta detenerse ante el respaldo de un sillón, cerca de Ángela. Parecía ubicar el blanco donde clavaría la saeta, pero de pronto bajó los brazos y la guardó en el carcaj. Miró a los ojos grises de la mujer; con una voz engolada, tensa, aún pretextando calma, dijo: "Ven, sígueme".

Salieron de la biblioteca y bajaron hasta la oscuridad del jardín. La mujer, pasmada, seguía al hombre poseída por un miedo enorme, sin opinión sobre lo que estaba sucediendo. En el instante en que supuso que Mateos dispararía, sus sentimientos se cubrieron por un velo turbio que la distanciaba de los hechos y siguió al hombre por seguirlo. Mateos caminó hacia la izquierda al cuarto de jardinería, junto a una perrera grande. De pronto, se encendieron las luces del jardín develando manchones verdeazules, rojoverdes o verdeamarillos, agitados rítmicamente por el viento. Se escucharon leves ladridos; apareció el hombre jalando de una cadena a un dálmata joven. Se internaron con dificultad en el pasto a unos diez metros de la mujer; en el tronco de un trueno ató la cadena y regresó. Eligió una flecha de sofisticadas navajas, la acomodó cuidadosamente sobre la cuerda. Levantó los brazos formando un triángulo sobre la base de la media luna del arco, apuntó hacia el animal. El perro ladraba y gruñía una y otra vez; quería zafarse con violentos tirones. Las manchas blancas del mapa de su piel brillaban alternativamente bajo la luz según sus movimientos. Dirigía el alargado hocico negro hacia su dueño; sus ojos húmedos parecían mirar en el desconcierto, sin entender lo que sucedía. El aroma de las flores iba hacia su nariz y ésta pretendía oler en la noche una respuesta. Quizá todos sus sentidos habían creado esa memoria instintiva y condicionada sobre la utilidad del arma que en ese momento orientaban hacia él y no hacia los animales que recogía y entregaba con destreza a Mateos.

En el aire frío de esa madrugada de principios de abril, cortando los olores, la noche y un haz de luz, la flecha silbó ligeramente, viajó casi invisible como un rayo discreto y perforó los tensos músculos del cuello del dálmata. El cuerpo del perro cayó bruscamente hacia atrás, como si el sólido golpe de una patada lo hubiera derribado para siempre. Produjo algunos sonidos extraños desde la garganta y se convulsionó mientras la sangre pintaba el pasto. "Uno de los mejores tiradores del país", dijo el hombre. Después, vino un silencio total.

Ángela corrió hacia el interior de la casa, subió hasta su recámara, se encerró. Durante un largo lapso escuchó ruidos en el jardín, percibió desde su oscuridad que la luz de afuera se apagaba. Sintió los movimientos del hombre en la planta alta, supo que tambien él se había encerrado en su habitación. Hasta entonces, pudo respirar normalmente; se quitó los zapatos y comenzó a caminar de un lado a otro. "Si pudiera irme ahorita mismo, me iría", fue el primer pensamiento de la mujer. A la noche le quedaba una vida breve.

Ángela se acostó sin desvestirse; con los ojos cerrados vivió ráfagas de recuerdo que se montaban unas en otras. Pasó a través de los anteriores intentos por abandonar la casa; voces lejanas, escenas, colores, rostros se superpusieron hasta que apareció una noche en la que su madre, tan joven como cuando murió, la despertaba y decía: "Nena, nena, ven, levántate". Sin entender, la niña obedeció y miró el llanto y la prisa en el rostro de su madre, quien le vistió simplemente un abrigo y salieron rápido del departamento. Al ir bajando las escaleras, la niña preguntó: "¿Y mi papá, mami?"; la joven señora guardó silencio y cargó a su hija antes de salir a la calle. Afuera, las esperaba un carro.

Luego de que este recuerdo se repitió varias veces, siempre sin respuesta, Ángela se fue calmando y con el resplandor del amanecer se quedó dormida. Despertó a media mañana, se aseó, llamó por teléfono un par de veces, bajó a desayunar. El licenciado Humberto Mateos L. untaba mantequilla a un pan tostado. Ángela tomó asiento frente a él. Le miró la calvicie, la nariz enrojecida, la cazadora de gamuza miel. Una mujer indígena ataviada de uniforme a rayas blancas y rosas los atendía silenciosamente.

Después del jugo de naranja, de algunos sorbos a un café negro, Ángela habló: "Papá, me voy". El hombre intentó decir algo, pero ella lo atajó: "No quiero escucharte. No hay nada que discutir, absolutamente". Mateos lo sabía, así que desistió de cualquier frase. Pero a la sirvienta le ordenó que llamara a Celorio. Minutos después, apareció Celorio enrollando una gorra de beisbolista entre las manos. "Buenos días", dijo sin mirar al hombre ni a la mujer, "dígame, don Humberto". "Quiero que me tumbes la jacaranda de la calle", indicó Mateos. Al notar que Celorio no se movía, explicó: "Ve y dale con el hacha hasta que se caiga. . . ¿Ahora sí entendiste?" "Sí, don Humberto", respondió y salió poniéndose la gorra.

Todo se derrumbó...

Manuel Alejandro

a Carlos Mapes, el otro del club

Como un golpe fantástico de dados, // almas, anhelos, dudas coincidieron // en ciertas oficinas de la Roma. // Mujeres bellas, lúcidas, formaron // la maravilla tierna de los hombres // en lento transcurrir de años profundos. // Las miradas, el tacto, las palabras // fueron creando una vida concordante, // discordante, compleja, muy sencilla, // en las diversas caras de los dados.

Este abril ya se está precipitando, // se pierde, se diluye y no tendremos // otro abril ni otro junio ni otras lluvias: // viene el golpe de dados novedoso, // triste, que nos pondrá ante ajenas almas, // nunca jamás las mismas ni la misma // gran jugada fantástica del tiempo

De *De este lado y del otro* (Poemas). Universidad Veracruzana, Col. Luna Hiena, México, 1981.

Ella habitaba un cuento

a Fernando Ferreira de Loanda

Cuando creemos soñar y estamos despiertos,
sentimos *un vértigo en la razón*

Silvina Ocampo y Adolfo Bioy Casares

Durante las primeras horas de la noche, el escritor
Guillermo Segovia dio una charla en la Escuela de
Bachilleres, en Iztapalapa. Los alumnos de Estética,
a cargo del joven poeta Israel Castellanos, quedaron
contentos por la detallada intervención de Segovia. El
profesor Castellanos no dudó agradecer y elogiar ante
ellos el trabajo del conferencista. Quien estuvo más a
gusto fue el mismo Segovia, pues si bien antes de em-
pezar experimentó cierto nerviosismo, en el momento
de exponer las notas que había preparado con dos días
de anticipación, sus palabras surgieron firmes y ágiles.
Cuando un muchacho preguntó sobre la elaboración
de personajes a partir de gente real, Guillermo Segovia lamentó para sí que la emoción y la confianza que
lo embargaban no hubieran aparecido ante público es-
pecializado. Tal idea vanidosa no impidió que gustara
de cierto vértigo por la palabra creativa y aguda, ese
espacio donde lo teórico y sus ejemplos fluyen en un
discurso denso y al mismo tiempo sencillo. Dejó que

De *Gente de la ciudad.*

77

las frases se enlazaran sin tener demasiada conciencia de ellas; la trama de vocablos producía una obvia dinámica, independiente del expositor.

Guillermo Segovia acababa de cumplir treinta y cuatro años; tenía escritos tres libros de cuentos, una novela y una serie de artículos periodísticos publicados en el país y en el extranjero, especialmente en París, donde cursó la carrera de letras. Había vuelto a México seis años antes del día de su charla en Bachilleres, casadon con Elena, una joven investigadora colombiana, con quien tenía dos hijos. A su regreso, el escritor comenzó a trabajar en un periódico, mientras su esposa lo hacía en la Universidad Nacional Autónoma de México. Rentaban una casita en el antiguo Coyoacán y vivían cómodamente.

Ya en el camino hacia su casa, manejando un *VW* modelo '82, Guillermo no podía recordar varios pasajes del final de su charla. Pero no le molestaba demasiado; su memoria solía meterlo en esporádicas lagunas. Además, iba entusiasmado a causa de un fragmento que sí recordaba y que podría utilizar para escribir un cuento. Se refería a esa juguetona comparación que había hecho entre un arquitecto y un escritor. "Desde el punto de vista de la creatividad, el diseño de una casa-habitación se encuentra invariablemente en el espacio de lo ficticio; cuando los albañiles empiezan a construirla, estamos ya ante la realización de lo ficticio. Una vez terminada, el propietario habitará su casa y la ficción del arquitecto. Ampliando mi razonamiento, podemos afirmar que las ciudades son ficciones de la literatura; a ello se debe que a ésta la consideren un arte. El arquitecto que habita una casa que proyectó y edificó es uno de los pocos hombres que tienen la posibilidad de habitar su fantasía. Por su lado, el escritor es artífice de la palabra, diseña historias y frases, para que el lector habite el texto. Una casa y un cuento deben ser sólidos, funcionales, necesarios, perdurables. En un relato, la movilidad necesita fluidez, por decirlo así, de la sala a la cocina, o de las recámaras al baño. Nada de columnas ni paredes inútiles. Las distintas secciones del cuento o de la casa deben ser indispensables y creadas con precisión. Se escribe literatura y se construyen hogares para que el hombre los habite sin dificultades."

"Habitar el texto" iba pensando Guillermo mientras su automóvil se desplazaba en la noche de la avenida Iztapalapa. Solamente tenía puesta la atención en los semáforos, sin observar el panorama árido de aquella zona de la ciudad. Ni cuando el tránsito se intensificó hacia la Calzada de la Viga, se enteró del cambio de rumbo. "Habitar el texto", insistía, a pesar de sus lagunas mentales. La idea de habitar los vocablos lo maravillaba; quería escribir de pronto un cuento sobre esa idea. Imaginando la forma de abordarlo, pensó que intentaría evitar soluciones literarias sobre temas similares. Al azar, se dijo que una mujer sería el personaje indicado. De manera brumosa intuía a una mujer habitando una historia creada por él. "Ella habitaba el texto" fue la primera transformación. "Aquí ya estoy en el terreno del cuento; la frase misma es literaria, suena bien".

Recordó varias mujeres, cercanas y distantes, pero

ninguna respondía a su deseo. Retrocedió y comenzó por imaginar la actividad de ella. Creó un pequeño catálogo de profesiones y oficios, orientándose al final hacia las actrices. Se preguntó sobre las razones de esta elección en lo que su automóvil se alejaba de la colonia Country Club y se dirigía hacia Miguel Ángel de Quevedo para cruzar el puente de Tlalpan. Dejó jugar a su pensamiento en la búsqueda de una respuesta o de una justificación. "De alguna manera los actores habitan el texto. Viven al personaje que les tocó representar y también viven en el texto; no encarnan a persona alguna. En el teatro habitan la literatura durante un tiempo breve. En el cine, momentos de ellos perduran con tendencia al infinito. Los dramaturgos han escrito obras de teatro para acercarse al antiguo sueño del escritor de ficción: que seres humanos habiten sus textos. Que la creación artística pase de la zona de lo imaginario a la de la realidad. En el caso de mi tema el movimiento es inverso: que la realidad viaje hacia lo imaginario".

El automóvil de Guillermo Segovia dio vuelta sobre Felipe Carrillo Puerto, adelantó una cuadra y giró hacia Alberto Zamora; treinta metros más adelante, se detuvo. Mientras apagaba el motor, decidió que la mujer de su relato sería una joven actriz que él admiraba, por sus actuaciones y su peculiar belleza. Además, la actriz tenía cierto parecido con la pintora Frida Kahlo, quien se retrataba en los sueños de sus cuadros, otra forma de habitar las propias ficciones. Aunque Segovia no titulaba sus cuentos antes de redactarlos, en esta ocasión tuvo ganas de hacerlo. *Ella habitaba un cuento* sería el nombre del relato; el de la mujer, el mismo que llevaba la actriz en la realidad: Ofelia.

Guillermo bajó del *VW*, entró a su casa; atravesando hacia la izquierda una sala no muy grande, llegó al estudio. Una habitación pequeña cuyas paredes tenían libreros de piso a techo. Encendió la luz, del estuche sacó la máquina de escribir, la puso sobre el escritorio, situado hacia el fondo, junto a una ventana, a través de la que se veían algunas plantas de un jardincito. Prendió la radio de su aparato de sonido y sintonizó *Radio Universidad*. Cuando abría el primer cajón del escritorio, Elena apareció en el umbral de la puerta.

–¿Cómo te fue? –dijo caminando hacia él.

–Bien –respondió Guillermo acercándose a ella. Se besaron; Segovia le acarició el cabello y las caderas. Se besaron nuevamente y, al separarse, Elena insistió.

–¿Cómo respondió la gente?

–Con interés. Me di cuenta de que los muchachos habían leído mis cuentos. Eso se lo debo a Castellanos... durante la plática salió un tema interesante –explicó, yendo hacia el escritorio.

–Los niños se acaban de dormir. . .estaba leyendo un poco . . . ¿no vas a cenar?

–No. . . prefiero ponerme a escribir. . .

–Bueno. Te espero en la recámara.

Elena salió soplando un beso sobre la palma de sus manos orientándolo hacia su esposo. Guillermo Segovia se acomodó frente a la máquina de escribir;

del cajón que había dejado abierto, sacó varias hojas en blanco e introdujo la primera. Puso el título y comenzó a escribir.

Ella habitaba un cuento

Aquel día la ola de frío arreció en la ciudad. Hacia las once de la noche, más o menos, cayó una especie de neblina, ocasionada por la baja temperatura y el esmog. La oscuridad era más profunda que de costumbre y enrarecía hasta los sitios de mayor luminosidad. Las viejas calles del centro de Coyoacán parecían sumidas en una época de varios siglos atrás. La misma luz de arbotantes y automóviles era sombría; penetraba de manera débil aquel antiguo espacio. Pocas personas, vestidas con abrigos o suéteres gruesos y bufandas, caminaban pegándose a las paredes, en actitud de apaciguar el frío. Semejaban siluetas de otro tiempo, como si en este Coyoacán emergiera un Coyoacán pretérito y la gente se hubiera equivocado de centuria, dirigiéndose a lugares que nunca hallaría. De espaldas a la Plaza Hidalgo, por la estrecha avenida Francisco Sosa, caminaba Ofelia. Su cuerpo delgado vestía pantalones grises de paño y un grueso suéter negro que por su holgura parecía estar colgado sobre los hombros. Una bufanda violeta rodeaba el largo cuello de la mujer. La piel blanca de su rostro era una tenue luz que sobresalía desde el cabello oscuro que se balanceaba rozando sus hombros. Las pisadas de sus botas negras apenas resonaban en las baldosas de piedra.

Aunque no atinaba a saber desde dónde, Ofelia presintió que la observaban. En la esquina de Francisco Sosa y Ave María se detuvo en lo que un automóvil giraba a la derecha. Aprovechó ese instante para voltear hacia atrás, suponiendo descubrir a la persona que la miraba. Sólo vio a una pareja de ancianos que salía de un portón y se encaminaba hacia la Plaza. Antes de cruzar la calle, se sintió desprotegida; luego, experimentó un leve escalofrío. Pensó que quizá hubiera sido mejor que alguien la viniera siguiendo. Echó a andar nuevamente segura de que, no obstante la soledad, la noche observaba sus movimientos. Le vino cierto temor y, de manera instintiva, apresuró el paso. Se frotó las manos, miró hacia los árboles que tenía delante y luego al fondo de la avenida que se esfumaba en el ambiente neblinoso. "Hubiera sido mejor que me trajeran", se lamentó casi para cruzar Ayuntamiento.

Minutos antes había estado en las viejas instalaciones del Centro de Arte Dramático, presenciando el ensayo general de una obra de la Edad Media. Al finalizar el ensayo y después de salir a la calle, una de las actrices le ofreció llevarla; Ofelia inventó que tenía que visitar a una amiga que vivía exactamente a la vuelta, sobre Francisco Sosa. La verdad era que el ambiente gris y extraño de Coyoacán le había provocado ganas de caminar; además, para ella el paisaje neblinoso continuaba la escenografía de la obra y le traía a la memoria su estancia en Inglaterra. Se despidió y empezó a caminar, mientras los demás abordaban distintos autos.

La impresión de ser observada la percibió ya sobre la avenida. Ahora, al notar que nada concreto le sucedía, no halló motivos profundos para el miedo. El fenómeno debería tener una explicación que por el momento se le escapaba. Esta idea la reconfortó y, un poco más animada, sopló vaho sobre sus manos con el fin de calentárselas. Sin embargo, esta repentina tranquilidad ahondó sus posibilidades perceptivas. Eran seguramente unos ojos que pretendían entrar en ella; ojos cuya función parecía más bien el tacto.

Muy bien, le era imposible desembarazarse de la vivencia, pero al menos deseaba comprender. ¿Se trataba de sentimientos nuevos y por lo mismo sin definición posible? ¿Qué fin perseguía ese mirar? Pocas veces había tenido problemas con ideas persecutorias; aceptaba cierta inseguridad debido a la violencia del Distrito Federal. Se movía con precaución; ahora, que sí estaba exponiéndose, nadie la amenazaba. Las gentes de los pocos autos que pasaban a su lado no se interesaban en ella. Entonces, recordó los espacios intensamente luminosos en el escenario, cuando las luces de los espots le impiden ver al público, quien a su vez tiene puesta la mirada en ella. Sabe que una multitud de ojos se encuentra en la penumbra, moviéndose al ritmo que ella exige; suma de ojos, gran ojo embozado, ojo gigante apoyado en su cuerpo. Pretendiendo alentarse con este recuerdo, Ofelia se dijo que tal vez se tratara de la memoria de la piel, ajena a su mente; en ese brumoso paisaje, quizá volvía a su cuerpo y lo iba poseyendo paulatinamente. Ojo-red, ojo-ámbito, gran ojo acercándose a ella, ojo creciendo; Ofelia quiso sacudirse la sensación agitando la cabeza. El esfuerzo, ella lo entendía, fue inútil; ya sin fuerzas, se abandonó a la fatalidad y sintió sumergirse en una noche ciega. Caminó en un espacio de pronto apagado, perdiendo ubicuidad, todavía con la débil certeza de que no se encontraba ante ningún peligro.

Al doblar en el callejón de su casa, sintió que el ojo enorme se encontraba ya sobre sus cabellos, su rostro, su bufanda, su suéter, sus pantalones. Se detuvo y le vino una especie de vértigo semejante al que se experimenta en los sueños en que la persona flota sin encontrar apoyo ni forma de bajar. Ofelia sabía que estaba a unos cuantos metros de su casa, en Coyoacán, en su ciudad, sobre la Tierra, pero al mismo tiempo no podía evitar la sensación del sueño, ese vértigo a final de cuentas agradable porque el soñador en el fondo entiende que no corre peligro y lanza su cuerpo a la oscuridad como un zepelín que descenderá cuando venga la vigilia. Ofelia siguió parada en el callejón, intentando entender; en voz baja se dijo: "No es un desmayo ni un problema psíquico. Esto no viene de mí, es algo ajeno a mí, fuera de mi control". Se movió lentamente hacia la pared y recargó la espalda. La sensación se hizo más densa en su delgado cuerpo, como si la niebla del callejón se hubiera posado en ella. "Ya no es que me estén observando; es algo más poderoso." Se llevó una mano a la frente e introdujo sus largos dedos entre el cabello una y otra vez; sobresaltada, comprendiendo el hecho de un solo golpe, se dijo: "Estoy dentro del ojo." Bajó el brazo con lentitud y, siguiendo la idea de sus últimas palabras, continuó: "Me encuentro en el interior de la mirada. Habito un mirar. Estoy formando parte de una manera de ver. Algo me impulsa a caminar; la niebla ha bajado y sus listones

85

brumosos cuelgan hacia las ventanas. Soy una silueta salida de un tiempo pretérito pegándome a las paredes. Me llamo Ofelia y estoy abriendo el portón de madera de mi casa. Entro, a mi derecha aparece en sombras chinescas el jardín, de entre las plantas surge Paloma dando saltos festivos. Su blanca pelambre parece una mota oval de algodón que fuera flotando en la oscuridad. Me lanza unos débiles ladridos, se acerca a mis piernas, se frota contra mis pantorrillas; luego se para en dos patas invitándome a jugar. La acaricio y la pongo a un lado con delicadeza; gruñe lastimeramente, pero yo camino ya entre mis plantas por el sendero de piedras de río. La luz del recibidor está encendida; abro la puerta, la cierro. Deseo algo de comer y me dirijo hacia la cocina. Me detengo y me veo obligada a volver sobre mis pasos, sigo de largo hacia la sala. Prendo una lámpara de pie, abro la cantina, agarro una copa y una botella de coñac. Sin cerrar la puerta de la cantina, me sirvo y, al tomar el primer trago, me doy cuenta de que el deseo por alimentarme persiste, pero el sabor del coñac me cautiva y, en mi contra, renuncio a la comida. Cuando llevo la copa a mis labios por segunda vez, aparece Plácida, me hace un saludo respetuoso y me pregunta que si no se me ofrece nada. Le pido que vaya a dormir, explicándole que mañana tenemos que madrugar. Plácida se despide inclinando un poco la cabeza, y yo termino de beber mi licor. Entre mis dedos llevo la botella y la copa; con la mano libre apago la lámpara y, a oscuras, atravieso la sala y subo las escaleras. La puerta de mi recámara está abierta y entro. Enciendo la luz, me dirijo hacia mi mesa de noche. Sobre ella pongo la botella y la copa. Me

siento en la banquita, abro el cajón, saco mi libreta de
apuntes, una pluma fuente, y comienzo a escribir lo que
me está sucediendo."

Sé muy bien que aún habito la mirada. Escucho los
sonidos que se gestan en su profundidad, similares
al rumor de la ciudad que sube a lo alto de la Torre
Latinoamericana. He tenido que moverme con calma
y precisión. El temor se está disipando; me siento
sorprendida, sin desesperación. Ahora, de repente, estoy molesta, enojada; necesito escribir que protesto.
Sí, protesto, señores. ¡Protesto! Hombres del mundo,
protesto. Escribo que habito, escribo que el malestar
se ha ido de mí; detengo la escritura. Me serví licor y
me tomé la copa de un solo trago. Me gusta mucho mi
vieja pluma *Montblanc*, tiene buen punto. Mi cuerpo
está caliente, arden mis mejillas. Pienso que no puedo
dejar de vivir dos espacios; la avenida Francisco Sosa,
que ahora la siento muy lejos de mí, es dos caminos,
un sólo gran ojo. En las calles de este viejo Coyoacán
que quiero tanto existe otro Coyoacán; yo venía atravesando dos Coyoacanes, a través de dos noches, entre
la doble neblina. En este momento de visiones vertigi-
nosas, como yo, hay gente que habita ambos Coyoacanes; Coyoacanes que coinciden perfectamente uno en
el otro, ni abajo ni arriba, una sola entraña y dos espacios. Alguien, quizá un hombre, en este mismo instante escribe las mismas palabras que avanzan en mi
cuaderno de notas. Estas mismas palabras. Dejo de escribir; me tomé otra copa. Me siento un poco ebria;
estoy contenta. Como si hubiera mucha luz en mi ha-

bitación. Paloma ladra hacia dos lunas invisibles. Me
viene el impulso de escribir que a lo mejor el hombre
se llama Guillermo y es una persona de barba, nariz
recta, larga. Podría ser Guillermo Segovia, el escritor,
quien al mismo tiempo vive a otro Guillermo Segovia.
Guillermo Segovia en Guillermo Samperio, cada uno
dentro del otro, un mismo cuerpo. Insisto en que se me
ocurre pensar que escribe en su máquina exactamente
lo que yo escribo, palabra sobre palabra, un solo discurso y dos espacios. Guillermo escribe un cuento demasiado pretencioso; el personaje central podría llamarse como yo. Escribo que escribe un relato donde
yo habito. Ya es más de media noche y el escritor Guillermo Segovia se siente cansado. Detiene la escritura,
se mesa la barba, se enrosca el bigote; se levanta, estira
los brazos y, mientras los baja, sale del estudio. Sube
hacia las habitaciones del primer piso. Se asoma a su
recámara y ve que su esposa se encuentra dormida, con
un libro abierto sobre el regazo. Se acerca a ella, la besa
en una mejilla, retira el libro y lo pone sobre el buró;
antes de salir, le deja una última mirada a la mujer.
Cuando desciende las escaleras, aunque no atina a saber desde dónde, presiente que lo observan. Se detiene
y voltea pensando que su hijo menor anda levantado,
pero no hay nadie. "A lo mejor me sugestioné con el
cuento", piensa buscando una causa. Termina de bajar y la sensación de ser observado se le profundiza.
Este cambio lo inquieta porque entiende que el paso
siguiente es saber que no es visto, sino que habita una
mirada. Que se encuentra formando parte de una manera de ver. Parado al pie de las escaleras, piensa: "Esa

mirada podría pertenecerle a Ofelia." Por mi lado, en lo que escribo con mi bonita *Montblanc*, siento que voy deshabitando la historia de Guillermo Segovia. Y él no puede disimular que mi texto podría llamarse algo así como *Guillermo habitaba un cuento*; ahora escribo que Segovia, poseído ya por el miedo, va hacia su estudio en tanto que yo voy habitando sólo un Coyoacán, mientras él habita paulatinamente dos, tres, varios Coyoacanes. Guillermo toma las quince cuartillas que ha escrito, un cuento a medio escribir, plagado de errores; agarra su encendedor, lo acciona y acerca la flama a la esquina de las hojas y comienzan a arder. Observa cómo se levanta el fuego desde su relato titulado prematuramente *Ella habitaba un cuento*. Echa el manuscrito semicarbonizado al pequeño bote de basura, creyendo que cuando termine de quemarse cesará la "sugestión". Pero, ahora escucha los sonidos que se gestan en las profundidades de mi atento mirar, semejantes al rumor de la ciudad que sube a lo alto de la Torre Latinoamericana. Ve brotar el humo del basurero sin que disminuya su temor. Quiere ir con su esposa para que lo reconforte, pero intuye que de nada serviría. De pie en el centro del estudio, Guillermo no encuentra qué hacer. Sabe que habita su casa y otras casas, aunque no las registre. Camina hacia su escritorio, toma asiento ante su máquina de escribir, abre el segundo cajón. Dominado por la urgencia de que se frene su desintegración, sin saber precisamente qué o a quién matar, saca la vieja Colt 38 que heredó del abuelo. Se levanta, camina hacia la puerta; lleva en alto el arma. Mientras cruza la sala en la oscuridad, siente que está a punto de perder la conciencia, aun guardando la idea del momento en que vive. Finalmente, en ese estado turbio y angustiante, sube de nuevo al primer piso. La pieza del fondo se quedó encendida; hacia allá se dirige.

Al detenerse en el quicio de la puerta, no logra reconocer la habitación; sus ojos no pueden informarle de lo que ven aunque vean. Desde su dedo índice comienza a fluir la existencia fría del metal; identifica el gatillo y las cachas. Una luz pálida aparece en el fondo de su percepción, devolviéndole los elementos de su circunstancia. Distingue bultos, sombras de una realidad; mira su brazo extendido y levanta la vista. Frente a él, sentada en una simpática banquita, lo observa una mujer. Segovia baja el brazo con lentitud y deja caer la Colt, la cual produce un sonido sordo en la alfombra. La mujer se pone en pie e intenta sonreír desde sus labios delgados. Cuando Guillermo entiende que no se encuentra ante ningún peligro, su miedo disminuye, dejándole una huella entumecida en el cuerpo. Sin meditarlo, decide avanzar; con el movimiento de sus piernas, al fin, llega a la lucidez. Se detiene junto a mí; en silencio, aceptando nuestra fatalidad, me toma la mano y yo lo permito.

Estación fatal

De viaje en el metro, un vagón no tan lleno, voy sentado, vestido de estricto traje gris, leo un libro de ensayos y a momentos miro hacia algún andén al que arribamos para saber la estación en turno; aprovecho entonces para echar una ojeada a la gente que me circunda y, en una de esas, entre otras piernas, descubro unas de mujer bien formadas pero nada peculiares. Sin embargo, por decirlo así, organizadas de tal manera especialmente que me alejan de la lectura; sucede que la más próxima a mí va flexionada y la otra vertical y firme. Piernas blancas que sobresalen o sobrebajan del borde del vestido negro, calzan zapatos grises de tacón que emplean correa para sujetarse por atrás. En el caso del primer pie, da vuelta completa, dejando al descubierto el talón sonrojado, mientras que en el trasero la correa se ha caído de tal forma que el talón se queda completamente desnudo. Cuando tuve este pensamiento, me fui desnudando por dentro hasta sentir una grata sensualidad que nacía en mi estómago y bajaba hacia mis genitales. Supe también en ese instante que me encontraba ante un hecho fundamental para mi fetichismo y entendí que un talón sin correa es un breve seno sin pezón, que se nos ofrece en el ambiente de complicidad del hecho social sobreentendido; es una cálida nalguita que asoma, inocente y erótica, por la parte de atrás de

De *Cuaderno imaginario*.

un zapato de tacón para mujer linda; es la mesurada invitación pública a desordenar nuestro espíritu sin que nadie se dé cuenta, ni la mujer misma, de la cual no conocemos el rostro. Se llega a la estación fatal, se desacomoda la geometría humana y lamento disponerme a asistir a una reunión literaria.

Cuando el tacto toma la palabra

*...te quedaba quizá bastante luz para mirar llorando
el cielo de hojalata, la ciudad.*

Julio Cortázar, *Último round*

Ambas miradas, con sus ciento ochenta grados de
amplitud, surcan el fluido espacio de la sala y el
corredor hasta detenerse en las impenetrables líneas
verticales que mueren en el techo. En las paredes,
dibujados los huecos de las puertas; los marcos están
quietos. La puerta al fondo del comedor está con sus
bisagras extendidas: mariposas de fierro durmiendo
en la madera. Un pedazo de cocina del tamaño
de la puerta, inconclusas figuras de metal: alacenas
mutiladas, un refrigerador partido por la mitad. Los
ojos giran, rebotando de una mesa al cuadrito de
niño con borrego, para ser expulsados hacia otro
hueco en la sala. Ahí, se hunden hasta la pared del
pasillo donde la mirada se desparrama y se introduce
momentáneamente en las grietas –sexos de la pared–.
Se deja ver la madera de cinco y medio escalones
que parecen ya muy pisados. Los párpados de ella
caen y parece que apagan la luz en cámara lenta.
Ahora sólo ve ciento ochenta grados de oscuridad, con
algunas insignificantes ráfagas de claridad mezclada
con colores rojos y verdes algo opacos. Para él, puertas,
ventanas, cocina, pasillo, rectas, mesas, mariposas,

De *Cuando el poeta toma la palabra*. IPN, México, 1974.

mutilación, borrego, escaleras, sexos; para ella, por el contrario, todo esto sigue existiendo, pero al otro lado de sus ojos, en el más allá de su oscuridad. Sólo así se dan cuenta de que ella tiene un pie sobre sus piernas y él una mano sobre ese pie. No quiere abrir los ojos; es mejor tenerlos suspendidos. El tacto y la imaginación únicamente, claro. Nuestro silencio no era nada especial, una situación un poco fuera de lo cotidiano, simple de explicarse por medio de nuestra callada nerviosidad. La casa sin ruidos era lo extraordinario y no extraordinario en el sentido maravilloso. La explicación era que ordinariamente tiene sonidos de niños, de calle, de papás y de nosotros mismos cuando hablamos. A pesar de estas circunstancias tan normales, nos sentíamos un poco raros y un tanto desconocidos. Cuando nos sentamos en el sofá, en un principio, ella había puesto sus dos pies sobre mis piernas, pero luego sólo quedó uno, el izquierdo. El otro lo dejó caído junto con toda la pierna, casi tocando con la punta el suelo. La pierna colgada parecía algún elemento que no era de ella, una pierna autónoma, ociosa, colgada de un sillón. Nos olvidamos de esa pierna inerte que no tenía nada que ver con nosotros, mientras que en el pie de la otra notábamos una plena solidaridad. Yo sentía su pequeño peso, veía los ropajes que lo envolvían: su zapato con un pequeño hueco en el talón, hueco que dejaba ver la calceta hasta media espinilla. La gamuza del zapato estaba un poco fría, pero el tiempo en que tuve mi mano rodeándola bastó para que se entibiara. El calor había logrado pasar la piel, y mi muchacha, gustosa, había cerrado los ojos para gozar de la energía que se colaba más allá de la calceta.

Cuando deslicé la mano hasta la parte trasera, me encontré con el talón descubierto del zapato, pero arropado de calceta. Al sentir que los dedos habían llegado a ese recoveco, ella se sobresaltó queriendo retirar el pie, mostrando sincera vergüenza. La mano se lo retuvo utilizando un poco de fuerza, ya que la resistencia que presentaba el pie era normal en tales situaciones. A mí, particularmente, me gustó esta perturbación porque era necesario un toque de pudor; quizá si no hubiera existido esa reacción la magia del momento se hubiera derrumbado igual que el otro pie. Luego me di cuenta de que no usaba tan sólo una calceta: traía dos. La otra era más pequeña y dejaba ver su color amarillo tenue entre los orificios formados por el tejido de la de encima. En un instante de arrebato, la mano le desabrochó la correa vivamente. Con mucha finura le fue quitando el zapato hasta que el pie quedó pertrechado tan sólo con sus calcetas. Detrás de la tela, los dedos produjeron un movimiento; pudo ser para reprochar algo o sencillamente de gusto. Ahora, la mano tenía ante sí al pie con sus ropas interiores. Daba la impresión de estar un poco indefenso, motivo que despertó en la mano ciertas ansias, hasta que un arrítmico temblor la invadió. Había llegado el momento de la respiración agitada y de hurtarle varias gotas de pudor. La mano, con sus dedos nerviosos, optó por acariciar los dos montecitos que formaban el tobillo; bajo la caricia de la mano parecía que ambos huesitos se sobresaltaban, se insinuaba que había dilatación, que comenzaban a respirar. Los dedos se arrastraron por la curva del empeine, como deslizándose en la nieve, hasta llegar a los otros dedos. Se entretuvo rozándolos un poco para luego seguir por la planta del pie y detenerse en la curva trasera: el talón. Aquí, no tan sólo intervinieron los dedos, sino inclusive, la palma de la mano. Quedó cubierta toda la redondez de aquella parte. El dedo pulgar se veía enérgico y sonrojado. Sin duda, se encontraba en pleno trastorno.

Ya el pie no pensaba en nada más que estrecharse con la mano, hundirse en la delicada situación. Por su parte, la mano, de un giro un tanto brusco, llegó hasta el comienzo de la calceta y la fue quitando con modestia. A medida que bajaba, la espinilla iba quedando descubierta y por entre los vellitos castaños se veía el resplandor de la propia limpieza. La diestra quedó un poco azorada al ver que la calceta amarilla tenue no aparecía; pero al fin, cuando el pie fue despojado de la calceta exterior, apareció el ropaje último que en realidad no era otra calceta amarilla tenue, sino más bien un pequeño calcetín amarillo tenue que dejaba al aire la piel que le da vuelta hasta la pantorrilla. El calcetín apenas alcanzaba a cubrir los sonrojados montículos del tobillo. Ni la mano ni el pie supieron dónde fue a caer la estorbosa calceta; demostraron que ya no era de su interés y que ahora se encontraban, decididamente, en otro asunto. A estas alturas los hechos pasan veloces. Inconscientes, se podría decir; la perturbación ha quedado disipada en el espacio y es sustituida por el suave ritmo de las caricias.

El dedo meñique parecía muy pícaro a diferencia

del índice, que tomaba un aire marcial. Era evidente que se trataba de dedos contradictorios y que, de alguna manera, en épocas en que no estaban unidos, ni siquiera podían verse. Durante algún tiempo la mano acarició cada rinconcito del pie, pasando sobre el tejido casi de seda; sus dedos, entonces, se exaltaron con rapidez mientras que los del pie se movían en casi contorsiones insinuantes. La mano, presidida por el anular, que había sido el más activo de todos, pero callado, se introdujo por debajo del minicalcetín para despojar al pie de su última resistencia. Salió el sol, y se entrelazaron con lágrimas en las uñas. Entonces ya no hubo rubores; la defensa había quedado rota y la rudeza de la mano ya no existía.

Con estrechamientos y ligeros desligues la emoción corría a sus anchas en los desnudos pie y mano. Los dedos de ambos se encontraban penetrados, rozándose hasta el grito y hasta el grito último.

Más tarde los ruidos empezaron a entrar, las cosas volvieron a tomar su geométrica vida. En el pasillo se oyó un sonido metálico de puertas; la familia regresaba del frío. Ella, con los ojos cegados por las centellas, volvió a vestir su pie con cierta torpeza mientras él escondía la mano en el más hondo de sus bolsillos. Cuando la familia entró en la sala, los dos empezaron a ser cómplices para siempre.

Abril

Abril llegó y tú no apareciste;
simulabas venir en cada rostro
de las mujeres nuevas del ocaso,
sombras bellas que hendían mi esperanza,
empobrecida ya en el luminoso
ámbar desperdigado por el cielo.
Ese lento bullir de fuegos tibios
no podía quemar aún mi invierno.
Levitaban arriba de tu casa
los insectos violetas y verdosos
de varias jacarandas contra el sol.
Era definitivo, abierto, abril,
igual a las mujeres que no fuiste;
era definitivo este lamento.

De *De este lado y del otro.*

Cualquier día sábado

En esa desventura participó con igual fuerza un sacerdote. Reconozco que es el triángulo vulgar de los enamorados, pero puede existir una rendija donde algunos grados varíen el sentido de la hipotenusa. Quizá las razones del padre Arturo eran una mezcla de indecisiones teológicas y de los sentimientos nacidos en Rosa Elena, en sus largos viajes hasta los límites del pueblo. La existencia del Absoluto radica en la contradicción entre vida y muerte, entre suicidio y libertad, entre homicidio y proceso. Eran cavilaciones que con facilidad impregnaban los vestidos de Rosa Elena, dejándola envuelta en ideas y palabras como si revolotearan moscos. El caso es que Arturo y yo fuimos producto de lo que se podría llamar: aborto de un doble engaño popular. La población es muy dada a estos *quid pro quos*. Mi cuñada, la noche de un cumpleaños, platicó lo sucedido con Rosa Elena como si fuera portavoz de Ciudad Delicias. Yo no recordaba a Rosel, se me había desdibujado de la palma de las manos. Cuando empecé a pedir datos, mi cuñada se percató del error de contar algo que se me censuró durante quince años. Me imagino que en un principio la familia y las amistades guardaron con mucho celo el suicidio de Rosel, hasta que el silencio se metamorfoseó en costumbre, en mentira.

Rosel vivió en cierta ociosidad hasta la edad de

De *Fuera del ring*. INBA, México, 1975.

treinta y dos años. Las mujeres en ese pueblo no pueden vivir de otra manera. Inventan muñequitos para todas las épocas del año o pasean en bicicleta o engañan a sus esposos o novios. Una rueda de la fortuna con focos de distintas flojeras. Las variantes del ocio toman formas ridículas y a veces insólitas. Por eso Rosel no se colocaba en los sillones para convivir en el verano. Para ella no tenía interés la gente que pasa por la calle, saludando insularmente. A esa hora se pintaba las pestañas, me imagino que con exageración; nunca me quiso decir qué pintura usaba, pero yo digo que café. Y le decía los tienes pintados de café, ella respondía que azules, que verdes, que atardecer. Siempre el juego de las adivinanzas, arrancarle con rabia un color, la forma de una nube. Creo que las coloraciones se tocan como tu antebrazo. Y repetía mentiras para construir mi realidad y mis sueños. Es posible que tengan irradiaciones eléctricas como tus calofríos. No tontito, no tontito, decía corriendo por la sala, en medio de jarrones y ceniceros. Era un estado de ánimo común en ella que podría, en apariencia, en sueño, ser alegre; pero era un bullicio congelado para irritar mi vida, los momentos con ella. Exigía disparates para cobrarse su benefactora presencia. Mordía hasta llagarme, y mis cabellos resistían sus jalones desde la ociosidad.

La voz de mi cuñada era casi imperceptible, confundida entre las pláticas sobre el box y la supuesta deshonestidad de Olivares. Pero sus palabras llegaban hasta mí, zigzagueando entre el humo de los cigarros. Rosa Elena ayudaba en la parroquia a impartir el catecismo para rellenar otro sector de sus ansias. No le interesaban los mitos cristianos. Me contaba que los niños eran muy ingenuos al creer en el eunuco José, y que le gustaba esa inocente credulidad que posteriormente se transformaba en prostitución. Después ya nadie vale ni la mitad de su precio, quizá por eso vengo contigo a perder el tiempo. Creo que hay otras causas pero no te las digo, porque me vas a odiar o a querer para siempre. Los niños iban por la vía del tren y Rosel caminaba por el campo acompañada de Arturo, para platicar sobre cuestiones del espíritu. Toda aceptación implica una renuncia, el círculo implica el cuadrado, la humanidad implica un dios. Recorrían grandes distancias, hasta la Presa de las Vírgenes, pronunciando frases hiperbólicas, entre los ciruelos y los tragacantos. Al desandar el camino, el cielo expulsaba al sol en la hora de la humedad y del café negro. Yo le increpaba que era mejor un psicólogo que un cura comealmas. Y te ha de diagnosticar neurosis declinante y ataques adormecidos de histeria. Claro que no soportaba mis burlas, y después de quedarse callada una hora, salía abandonando su enojo en la estancia. En la madrugada tampoco regresaba, era su venganza predilecta, aunque las ganas no la dejaran dormir. Al retorno de sus paseos con Arturo, me describía lo raro de las chicharras, los matices de las ciruelas y de las zarzas. Es una bola de fuego que pone anaranjado el cielo y grises los árboles. Siempre terminaba leyéndome un libro cualquiera, porque mi desesperación crecía idéntica a su entusiasmo en las referencias sobre las aves rojo carmín y amarillo canario. Como una esfera grande y caliente. Prefería que me rasguñara, que caminara en silencio a mi alrededor, para sumergirme en un juego elemental. Como una mujer con muchas patas y alas. Estás escondida en la cocina, ven a leerme otro poco. Fíjate que el padre de Arturo dice que eres un muchacho ejemplar, que tú podrías ser sacerdote, le digo que no se crea de las habladas de la gente, que eres un demonio pero que te falta la cola. Encuéntrame y te leo lo que gustes. No jodas, Rosel, Roselita, Rosa Elena.

La palabrería de mi cuñada cacheteaba mi memoria. No sabía lo que platicaba, hablando del suicidio gracioso de quemarse con gasolina. De que la población sabía desde el primer momento que ese hijo era del padre Arturo. Y hasta mí llegaban las voces de que se fue al D.F. de enamorada con uno del Distrito, y muchos otros parches que nada me explicaban.

Y mi cuñada seguía con la interpretación popular sin importarle los resultados sofistas y aparentes. Entre el ruido de las chicharras y de las luciérnagas invisibles, llegaba hasta mi ventana. Su respirar se acrecentaba en mi estómago, como si ya sus manos recorrieran mi vientre. Era el único silencio que me producía gozo y una satisfacción de cristal rechinando. Regresar en la madrugada hasta mi opacidad hecha de moléculas oscuras. Surgía un ambiente en el que sus cabellos eran cilíndricos; los senos, conos que se alargaban buscando mis manos, en medio de montañas de colchas y de sábanas expulsadas. Penetrada Rosel semejaba una niña muerta de frío. Sus rectangulares pies parecían congelarse a medida que la fricción recalentaba sus pensamientos. Pero Rosel se desvanecía, se iba alucinada junto con los primeros temblores de otro día inútil.

Cada persona escoge el suicidio o la forma del suicidio que mejor caiga a su maraña. Por eso existen muertes que no pueden escapar al ridículo. O las que se derriban en el mar de lo metafísico, dejando muchas veces las puertas de la locura cerradas. La cáscara del suicidio es ya la forma en que cobra realidad la muerte: los casos de cirrosis o los incendiarios. Mi cuñada opina que Rosel escogió este último radical, porque creyó que era el más adecuado para ella. Era de lumbre: no de mujer. La electricidad en sus pestañas era el indicador de su estado de ánimo. Hoy no siento la tierrita en tus pestañas, las necesito saltando. Mi cuñada quiere que la imagine caminar con sus ojeras hasta el cementerio, bordeando los límites de la población. Las piernas pesadas y los ojos intactos, puros; cargando el bote de gasolina para prenderse fuego en el cementerio, incluyendo al hijo que llevaba dentro. Pero luego el padre Arturo a diferencia de mi cuñada, no me pide nada, que nada imagine. Que la renuncia de Rosel implicaba la aceptación de la palabra del pueblo.

Película de terror

La otra mañana, cuando salías de entre las sábanas de algún sueño diabólico, tus ojos me dejaron agujerada la camiseta. Salí a la calle, caminé el día, y por la noche no me dieron ganas de regresar a tu cama.

De *Cuaderno imaginario*.

En el departamentito del tiempo

Ahora su esposa estará desesperada porque ya pasan de las once y él acostumbra llegar a casa a las ocho en punto o a las ocho y media cuando va por pistaches a la avenida hidalgo, y hasta la esposa sabe que siendo las ocho y veinte Arturo traerá pistaches y con los pistaches una sonrisa socarrona y salada antes de acomodarse frente al televisor. Hace dos horas con cincuenta minutos que la esposa pensó Arturo traerá pistaches y después nos sentaremos a ver patrulla salvaje y la hora domecq, aprovechando algún comercial le pondré sus pantuflas a mi arturito y le serviré el recalentado y quizá quiera acariciarme una mejilla, darme un beso. Pero el caso es que han transcurrido varias horas y ella se repite y se repite lo veré entrar con su bolsita blanca, nos sentaremos a ver la tele y luego si me besa el cuello lo invitaré a pasar a la recámara sin que veamos la hora domecq y, como siempre, le advertiré que la luz se quedará apagada y no gritaré y ninguna mordida amoratará su espalda, en suma, arturo, no te miraré desnudo ni dejaré que me mires los senos que nada más has visto por descuido, cuando salgo del baño o me pongo el camisón para dormir, los senos que siempre durante treinta años te resististe a rozar, pero eso, con los años, ya no me importa o nunca me importó, arturito, con tal de sentir tus sacudidas y tus convulsiones semirrabiosas,

De *Miedo ambiente*. Casa de las Américas, La Habana, 1977.

a pesar de que tus manos se encuentren alejadas, sumergidas entre las sábanas, entre tu cuerpo y el colchón amordazadas, censurándolas de la caricia que de seguro ellas quieren brindarle a estos pezones desamparados, ya flácidos y arrugados luego de estar quietos, guardados, como los aretes de dudoso jade que nunca me he puesto para la famosa fiesta que me prometiste desde recién casados. La fiesta en la que seríamos invitados tan distinguidos como cualquiera de esos gringos que entran y salen borrachos o mariguanos por la majestuosa puerta que tú abres y detienes soportando el miserable aliento a perdices digeridas, pero a lo mejor nunca te ha importado a cambio de las miserables propinas abundantes, el trato despectivo, las miradas de desprecio y hasta quedarte mudo frente a la infame proposición de algún homosexual. Así, arturito, así tengo guardados los pezones, en el aretero del tiempo; pero ya no importa, arturo. Además, ahora, en este momento no puedo definir qué siento por ti, si me das lástima o si te odio. No lo puedo definir.

Para la mujer tres o cuatro horas de retraso equivalen a un arroz quemado o a una sopa que hierve durante horas y horas hasta dejar costras de fideos adheridas al traste. Después del despertador a las seis y media, los huevos tibios a tiempo, el té de boldo en su punto, en fin, después de que la vida se cumple con su enquistada modorra, modorra que se cuenta entre cuartos de hora de eso y aquello, compras contra el reloj al mercado y el jitomate coloradito, sí, después de tres horas de retraso, se abre camino, en esa misma modorra, una rotura que se instala en el seno de la obsesidad de la mujer. Y tal parece que en ese monólogo casero se dijo que para qué el té de boldo con sus gotas de limón, para qué tantos huevos tibios y calcetines remendados; ella realizaba su recuento a base de multiplicar pequeños actos: en cinco años de mil quinientos a mil setecientos huevos tibios, en diez años por lo menos cuatrocientos calzoncillos parchados, en quince años siete mil idas y regresadas al mercado; además, esos productos aún habría que multiplicarlos por seis o por tres o por dos, según el caso. Y ahora, ahora que se sabía sentada en el sofá de él, que le dio por repasar su biografía, empezaba a desbordar un calor interno que se le escapaba por la rotura, provocada por la ausencia inexplicable del señor gonzález.

Empezó por anudar y desanudar el trapo de la cocina, después se comió las puntas de su delantal, caminó en varias ocasiones de la cocina al baño y por último se dejó caer sobre el sofá del señor gonzález. Reseñó una y otra vez la llegada de él; luego ya no pudo detener el deletreo de algunos pasajes oscuros que sobrepasaron el recuento de la modorra cotidiana. Era la rotura la que le proporcionaba las fuerzas para soltar ese brusco parloteo interno; pero también era el no-saber-qué-hacer ante la rotura lo que le daba luz verde a eso que después ella llamaría pasajes oscuros de mi vida. Alguna vez tenía que pasar. Y es probable que nada más hubiera bastado hora y media para desatar el temblor de sus carnes y el mordisqueo obsesivo de cuanto trapo y tela estuvieran a su alcance, pero eran tres horas extrañas, las tres horas más largas de su vida y las tres horas más cortas y dolorosas porque en tres horas había resumido, entre recuerdos y números, a base de instantáneas, treinta años de ella y arturo gonzález.

Por su parte, lo que el señor gonzález nunca supo es que, después de tres horas de espera, la mujer se había quedado quieta, respirando tranquilamente una vez que la rotura-orificio había quedado suturada, sin encender por primera vez el televisor y como observando por encima del trastero alguna otra pantalla invisible. Cuando el señor gonzález repasaba y repasaba aquel artículo del reader digest sólo pudo imaginar que la esposa estaría comiéndose las uñas unos instantes, inmovilizada, sin atinar a pensar en nada, hasta quedarse dormida con la hora domecq; por eso se dijo que enriqueta no lo podría ayudar en lo más mínimo, además de que nadie podía brindarle ayuda, ni él mismo, porque aunque no recordaba el momento en que levantó los brazos entre el cuarto y noveno piso, se sentía responsable y satisfecho, como descansado de una larga caminata por el centro de la ciudad. Cuando dijo satisfecho recordó nuevamente el pasaje preciso del artículo del reader digest: "entre otros homicidas en potencia, se cuentan elevadoristas, meseros, veladores, botones, etc." Y quizá, si la frase lo hubiera incluido en el etcétera, el escalofrío de la primera ocasión no habría causado tanta mella en sus presentimientos, quizá la obsesión no habría crecido o por lo menos habría sido velada entre las infinitas posibilidades de homicidas que encerraba el etcétera; pero el doctor scott había escrito exactamente una coma antes del etcétera límite la palabra "botones" y ahí, en esas siete letras, saltaba el nombre de él, arturo gonzález, y los nombres de todos sus compañeros; entonces, a pesar de que siempre se negó a adjudicarse lo que él denominaba una grave irresponsabilidad clínica, empezó por descubrir en felipe caltenco, joven mucamo, ojos taciturnos, manos nerviosas y seguramente boca reseca; a rogelio meléndez lo comparaba con el señor gris, eficiente administrador del hotel durante veinte años, y concluía que entre el aroma a lavanda del señor gris y el olor a pescado frito de rogelio meléndez mediaba el asesinato. Así, con esas meticulosas observaciones, que con el tiempo se volverían una especie de sex-appeal misterioso, el señor gonzález descubrió atributos desastrosos en cada uno de los empleados menores del hotel. Esperaba, en cualquier bocacalle o pasillo oscuro, la navaja que le atravesara el abdomen a causa del mínimo altercado ocurrido en días pasados. Por eso, además de los guantes blancos que usaba ordinariamente, se ponía otros guantes —que él llamaba de seguridad— para codearse con sus compañeros. Y por eso también todo mundo descubrió, aunque no supieran la razón, que no sólo trataba con una buena distancia a los clientes y al administrador, sino a todo el personal, incluyendo a cocineras y acomodadores de automóviles.

En lo político sus descubrimientos fueron tumultuosos y escalofriantes; y así fue diciéndose, entre dientes, en lo que llegaba a su departamento: eso es, tumultuosos y escalofriantes. En la última reunión del sindicato a la que asistió, mientras botones, mucamas, meseros, galopinas y cocineras discutían la necesidad de emplazar a huelga, el señor gonzález pensó: ustedes son una bola de criminales que esperan el momento oportuno para balacear al de junto. Y en cada uno de los rostros, la mayoría morenos, encontró rasgos similares a los de goyo cárdenas o gonzalo rojas, y hasta al secretario general del ejecutivo le notó un aire de margarito zendejas. De esa manera, sin darse cuenta de esa creciente escalada de presentimientos, y descargándose con su esposa, las sospechas se confirmaban al menor movimiento fuera de lo habitual, al menor tic común y corriente, al menor guiño de ojo. Ahora, sentado sobre un banquito que el sargento había hecho favor de acercarle, no le importaba el ir y venir de los fotógrafos ni lo que pudieran decir mañana los periodistas de todos los diarios ahí reunidos; no le importaba ese revuelo de judiciales, agentes del ministerio público y tecolotes, en los separos de la procuraduría de la república. Y no sabía y nunca supo que en ese momento, más o menos once y cuarto de la noche, se establecía una coincidencia en la tranquilidad, en la desguansez, en el se acabó, con enriqueta.

Sí, él no sabía ni nunca supo que la mujer estuvo sentada con las piernas abiertas al desparpajo, dejando que el aire que se colaba por la ventanilla del comedor se estrellara contra sus carnes flácidas, mirando, debido a una rotura repentina, por encima del trastero como una pantalla; si alguien en ese momento se hubiera acercado a la mujer habría descubierto que la pantalla se encontraba dentro de ella, debajo de donde nacía el cabello derramado sobre el respaldo del sofá. El señor gonzález tampoco llegaría a saber ni a pasarle de casualidad por la cabeza aquella otra acta que enriqueta levantaba al mismo tiempo que la mecanógrafa redactaba la suya (con algunas faltas de ortografía que nadie corregiría, escribiendo preguntas y respuestas, acusaciones y delitos, dejando de lado las mentadas de madre que profería a los mexicanos mr. warners). No, nunca llegaría a conocer la versión paralela de su esposa, quien no detuvo el monólogo casero hasta que un empleado del hotel le fue a avisar de la detención de su marido; que se apurara. Nunca supo que la mujer siguió mirando la pantalla hasta la nocturna despedida del canal imaginario, en el que otra enriqueta hablaba y decía que así se habían quedado sus pezones, guardados en el aretero del tiempo, como uvas puestas al sol hasta quedar resecas de nada, de ausencia, de estar a la intemperie, esperando unos cuantos dedos, no más de diez; pero para mí no siempre fue de esa manera, por eso tengo un secreto pequeñito, así de chiquitito, pero al fin secreto, arturo, mi arturo, porque no estás enterado de que una vez restregué estos mismos senos en la boca de mario, el hijo mayor del portero, sí, el hijo del portero, los restregué en la boca de uno de los miembros de lo que tú llamas secta de asesinos o taciturnos homicidas que esperan en el recodo de cualquier pasillo. Precisamente en las manos de uno de ellos derramé los pedazos de carne que tú hiciste a un lado, como si fueran uno de tus life atrasados, y si quieres una verdadera enriqueta, aquí me tienes, porque algún día me tenía que pasar, porque ya no podía estar nada más sobándome contra mis propias manos, esperando inútilmente una desbandada de tus homicidas para violarme el cuerpo y luego, muchos luegos, resistir la embestida inexistente de tus truhanes y sátrapas y luego y luego a gozar hasta derretirme debajo de veinte tipejos de manos detestables que nunca llegarían, no, no podía esperar, arturito, yo misma lo provoqué con la ventaja de mis piernas, con la premeditación de mis senos, echándole encima mis carnes, sin dejarlo pestañear y luego mis senos, mis nalgas abundantes, y si quieres más detalles, le pagué, le di dinero para que no hubiera ambigüedad.

Ahí, parado en el quicio de la puerta, estaba mario, tan jovencito, sin imaginarse que esa mañana no habría bote de la basura ni periódicos viejos, sin saber que no se llevaría un peso sino veinte o treinta o cuarenta, lo que yo, arturo, lo que yo quisiera pagarle de nuestros ahorros; pero no creas que todo fue tan fácil, no, porque en ese momento, cuando él llamó a la puerta con su tímida mano, yo me revolcaba desnuda sobre la cama, como perra encerrada, sobándome hasta llorar de dolor, y si no ha sido por esa coincidencia que yo tanto anhelaba no habría culpable; nada más le dije ven mijito, pásale, no tengas miedo, y mientras le ponía los primeros veinte pesos en la bolsa, mi mano ya le acariciaba su cosita y después, para mí, todo fue escandaloso y cachondo, y ahí mismo, en el sofá en que estoy sentada, me desabroché la bata y mis senos se desplomaron sobre su boca y hubo un poco de sangre en los pezones y violaciones de muchas maneras –si tú le quieres llamar violaciones–, después el jovencito parecía una fiera, la inocencia de su cara había desaparecido, lo que quería decir que mi mario, arturo, que mi mario también estaba loco y dócil y luego su cosita, ya sin pena, me recorría todos los rincones y las montañas de piel y los vellos de todos los rincones; así fue, arturo, nos revolcamos en el suelo, grité sin que me importaran nuestros eternos vecinos y el miedo que le vino a mi mario; le mordisquié las piernas, al fin que para eso le daba otros veinte pesos, y así se pasó la mañana y después pasaron los días y tú nunca me descubriste los mordiscos y los moretones en las nalgas. Mi mario no regresó y luego vinieron los años y un día lo vi con su esposa y sus hijos, y supe por su mirada que aquella locura pasaba por su mente, mientras yo también recordaba mis pensamientos de entonces: que me sentía nuevamente mojada al imaginar que nuestra aventura era para él un orgullo entre sus amigos y me mojaba aún más pensando que de seguro mario exageraba y decía que él llevaba la batuta, que él había doblegado mi cuerpo y que casi me obligó a que mis senos le inundaran su boca de hombre de mundo y que su cosa y su cuerpo ordenaban y desordenaban en el departamento 18. Desde aquella mañana me sentí cómplice de tus asesinos, desde entonces cada vez que nos acostábamos recordaba todo lo sucedido con mario, sus manos, su boquita, mientras tu escondías las manos, moviéndote en silencio, con la cara volteada hacia el ropero o hacia la ventana; desde entonces, puedo asegurártelo, hice el amor con mario y no

117

contigo, aunque ninguna de tus manos hicieran las caricias que ellas deseaban, aunque mis pezones se fueran volviendo uvas abandonadas al sol, aunque dijeras que mucho me querías.

Mientras el señor gonzález ignoraba la coincidencia con enriqueta y respondía monótonamente a las infinitas preguntas, se aseguraba a sí mismo que ya no volvería a hurgar en los reportajes de la nota roja; ahora ya no tenía necesidad. No porque los arrepentimientos le corroyeran el alma, él no sentía ningún arrepentimiento, es más, no tenía por qué arrepentirse de nada si ya había confesado paso a paso que él no supo en qué momento levantó los brazos, en qué momento soltó la maleta. Estaba convencido, no volvería a leer la nota roja; carecía de importancia corroborar el origen de los rateros y criminales. Sabía que todos los reportajes desembocarían en aquel artículo del doctor scott: los taxistas seguirán siendo al mismo tiempo que criminales objetos del crimen; los contadores públicos asesinarán, como es la costumbre, a sus esposas, o golpearán a sus madres; los meseros encerrarán a sus hijas durante muchos años en el cuarto oscuro y lleno de ratas; los elevadoristas, además de vender billetes de lotería, alguna noche, en el maloliente cuarto de un hotel, después de victimar a la infiel, se pegarán un balazo en el paladar. Cada uno de esos actos respetan un mandato previo, son conducidos por una mano negra que los induce hasta el resultado obvio y cotidiano del homicidio y el escándalo. Nada más es cuestión de mirarles la cara, se decía el señor gonzález, para comprobar que ellos no tienen la culpa, que no hay motivo para inquietarse ni para sentir arrepentimiento. Al contrario, después de esos años de angustia y miradas escrutadoras viene la calma, el descanso. Como ahora, con esa contradictoria tranquilidad que mostraba el señor gonzález, sentado en el banquito, cansado y con sueño y un poco urgido de que ya terminara el tecleo de la mecanógrafa y los insultos de mr. warners. Ya nada tenía compostura.

Sumido en ese sopor, le vino, como una reseña nostálgica, la imagen de los corredores ocultos del hotel. Estaban, del otro lado, los pasillos alfombrados, las paredes con sus adornos modestos y recurrentes, las suites que a pesar de contener esa apelmazada violencia de todos los hoteles dejaban sentir un no se qué recordando el hogar; estaban también el bar y el restaurante, amueblados y atendidos de tal manera que los clientes podían olvidar por ese grato momento la urgencia de visitar los lugares característicos de la ciudad; sí, estaban los espacios de afuera, la cara visible del servicio. Pero el señor gonzález ahora estaba sumido en el recuerdo de los mecanismos de los otros corredores, la cara oculta del hotel, aquellos corredores por los que deambulaban sus compañeros y él, y que nunca les eran dados a los clientes. Y que por estar ocultos estaban necesariamente desnudos, grises, francamente violentos; pero al fin y al cabo indispensables, como indispensables y eficaces resultaban casi todos los empleados. Y tanto ellos como el mismo señor gonzález habían captado que la cara oculta y la visible, la verdad y la hipocresía del hotel, se reproducían en sus trabajos y en sus personas.

119

De esta revelación el señor gonzález fue presa mucho tiempo después de haber entrado a trabajar en el hotel: una noche, después de un día en que hubo una convención de quién sabe qué organismo de la iniciativa privada, el señor gonzález empezó a recorrer los pasillos aledaños, iniciando la ida a casa; estaba cansado, sin ganas de mover una puerta más. Llegó al vestidor y no quiso ni darse una lavada, simplemente se quedó sentado en una banquita, junto a los lockers, escuchando la algarabía de voces de los que salían del primer turno y el ruido del dinero que producía el recuento de las propinas; fijó la vista en luis y fue observando cada movimiento del mesero: primero se quitó la filipina, le siguió la corbatita negra, luego la camisa, y por último el golpe: la camiseta de luis mostraba un agujero cerca del ombligo y otro en el tirante derecho, sin contar cuatro o cinco remendadas aquí y allá. Después fue hernández con sus calcetines rotos, el izquierdo del talón y el derecho del dedo gordo. Vino ricardo que, al registrar sus pantalones, se encontró con sendos agujeros en los bolsillos. El señor gonzález sintió eso, un golpe que lo remontó al juego de caras del hotel, con sus pasillos verdaderos e hipócritas, con sus cuartos que rememoraban el calor del hogar, y los cuartos, como en el que se encontraba en ese momento, que semejaban las cloacas de la ciudad; entonces supo de ellos, luis y hernández y ricardo y él mismo, también tenían sus pasillos ocultos y sus cloacas, sus cuerpos alfombrados y sus cuerpos desnudos, grises y francamente violentos. Mientras apoyaba la cabeza sobre uno de los lockers, le subió el temor, un temor casi palpable por la fuerza con que se hacía presente, mezclado con un creciente olor a basura que venía de la cocina. Ninguno de los empleados se enteró de lo que estaba viviendo gonzález, pero tampoco supieron que gonzález también tuvo ganas de llorar y lástima por él y por sus compañeros y ganas de abrazarse a las piernas desnudas de ricardo, ganas de que todos se abrazaran en una orgía de solidaridad, ahí, en las cloacas, para trasmitirse las lágrimas y las distintas lástimas, y poder declarar, gritar, lo que cada uno sentía y opinaba sobre los otros. El temor pudo más, gonzález se quedó sentado todavía un buen rato, hasta que los del segundo turno fueron desapareciendo por los corredores. Después presenció su propia desnudez, sus movimientos fueron lentos, desganados, hasta que también él desapareció por el pasillo que lo conduciría hasta enriqueta.

Como en otras oficinas de la procuraduría, en la mesa número cuatro proseguía el alegato; la mecanógrafa levantaba un recuento distinto al de enriqueta. Era el recuento y la reconstrucción de aquellos hechos que se coagularon en diez minutos, en cinco minutos antes y cinco después de que el señor gonzález levantara los brazos. Eso, se trataba únicamente de reconstruir esos diez minutos, que por los gritos y las maldiciones de mr. warners, y por las constantes interrupciones del señor gris, parecía que se estaba reconstruyendo un día de saqueos y masacre. Si bien, como a duras penas explicaba mr. warners, la mujer rubia no era propiamente su amante; si bien la conoció en el vuelo 203 y se tomaron varias ginebras; si bien él, mr. warners, deseaba no haberla conocido ni invitarla al mismo hotel, o al menos deseaba no haberla acompañado hasta la puerta del hotel; si bien él, mr. warners, deseaba y no deseaba algunos de los llamados hechos, opinaba y gritaba que new york era una miel junto al subdesarrollado distrito federal, además de que ese enano barrigón, es decir el señor arturo gonzález, era un hijo de perra. Por su parte, la mecanógrafa, a pesar del cansancio, no podía impedir de vez en cuando una leve sonrisa ante los enredos que ya nadie detenía. Debido a ese creciente enredo, las declaraciones habían sido repetidas durante cinco horas, entre la calma y la versión diez veces contada por el señor gonzález, los nunca lo creí de usted del administrador, y el anuncio de que ya estaba avisada la señora gonzález. Y para diez minutos de vida y muerte el alegato proseguía, sin contar los meses y los años con que seguramente remataría.

Esta vez, quizá la undécima o la duodécima, el señor gonzález empezaba de nuevo, con su voz cansada y segura: que como es su costumbre primero abrió la puerta del automóvil, vio salir a la mujer rubia mientras él detenía la puerta; que la mujer se puso de pie con dificultad, sin importarle mostrar toda la longitud de sus piernas, incluyendo unas pantaletas negras que después los ahora testigos pudieron observar. Prosigue el acusado: una vez que la mujer estuvo parada o tambaleante en la banqueta, él pensó que ella venía enferma o tomada, que después salió del automóvil el que ahora sabe se llama mr. warners y que, como es típico en los americanos, mr. warners le dijo mucho cuidado, refiriéndose a las maletas que el taxista ya había puesto a las puertas del hotel. Lo confirma: la mujer rubia venía borracha, lo mismo que mr. warners; que una vez que mr. warners le puso la propina en la mano, le mandó un beso volado a la mujer rubia, y luego pronunció algunas palabras en inglés que el acusado apenas entendió. Que después de todo lo anterior, ella y él, arturo gonzález, ascendieron las escalinatas, la rubia adelante y el señor gonzález detrás; pasaron por la administración y felipe les dijo área azul, veintisiete. Que la rubia, además del escote tan pronunciado y de la indiscutible ausencia de portabustos, quién sabe qué cosas le decía al acusado, que sus frases eran una mezcolanza de inglés y español, porque distinguió las palabras biutiful, jin, chingoan, beibi, aiam, cuidadou, etcétera. Que llegaron al elevador y que fuera de ellos nadie más entró; que lo recuerda muy bien: una vez que el elevador comenzó a subir como que la intensidad de la luz disminuyó, pero que a partir de ese bajón de luz siente que hay un hueco en su memoria, porque sólo recuerda que en el noveno piso se dio cuenta de que el cuello de la hoy difunta rubia estaba entre sus manos, y que uno de sus senos, parece que el derecho, había saltado del escote; que el cuerpo de la mujer yacía en semicírculo contra la esquina oriente del elevador. Lo confirma: sólo se percató del cuello de la rubia entre sus manos cuando la señora que ocupa el veintinueve pegó un grito que él, señor arturo gonzález, confiesa, lo espantó. Que la señora del veintinueve esperaba el elevador acompañada de su esposo. Por último, el señor

123

arturo gonzález afirma que el esposo de la señora del veintinueve dijo qué bárbaro, pero que no supo si esa exclamación se refería al cuerpo de la rubia o al hecho acaecido. Que por alguna razón que el acusado no se explica, el elevador bajó solito y que, en el momento en que se corrían las puertas, la señora del veintinueve volvió a gritar; pero que una vez en la pb ya nada se movió hasta que llegaron los agentes y los policías y toda una serie de pajarracos.

Para entonces la ciudad empezaba a quedarse sola; una lluvia cerrada empapaba las calles del centro. La poca gente que quedaba, apresurando el paso, caminaba pegada a las paredes, buscando la protección de las cornisas y entradas de los edificios. Por la puerta de uno de esos viejos edificios salió una mujer de alrededor de cincuenta años y complexión robusta. Una pañoleta le cubría la cabeza, llevaba los labios pintados de rojo carmesí; quizá no se enteró de la lluvia o no le importó mojarse, porque era la única valiente que no corría ni intentaba deshacerse de la lluvia. Caminaba pesadamente, ladeándose un poco hacia la derecha, debido al peso de una caja de cartón que cargaba. Sería muy probable que después de algunas cuadras los mecates con que iba amarrada la caja empezaran a lastimarle la mano. Quizá tampoco eso le importaría.

En memoria de los entristecidos

a Isabel,
Alfredo Pavón
y los otros muchachos

que de una vez se vayan, que se mueran pronto...

Jaime Sabines

Los entristecidos son reloj descompuesto
que nos mira con la torcedura de las manecillas.
Los entristecidos son una secta que nunca se reúne a
/ llorar.
No se quejan porque ya para qué.

Serían una lágrima que llora otra lágrima.
En su mirada y en sus gestos
está el movimiento sutil de un río.
Existen en el juego de palabras y en su violencia:
no muestres tus lágrimas a este mundo idiota;
llora en las calles oscuras de Tuxtla
cuando la canción de Cohen y Dylan sea un mero
/ recuerdo;
llora en el pecho de una camisa sin cuerpo;
llora a la hora en que estén todos dormidos y el iris
del sol comience a meterse a través del cristal roto.

Los entristecidos toman mucho licor
porque es una manera de gemir hacia las entrañas,

De *De este lado y del otro* (Poemas).

una manera de entretener al félido que de otro modo
/ saltaría,
apesadumbrado,
al cuello del sobrevivir.
Así son los entristecidos,
así mueren.
Si les pedimos que no más llanto, ellos responderán:
la higuera del patio tiene una rama quebrada;
hoy no tengo ganas de levantarme;
las casas crecen como vegetación sobre la vegetación;
me da miedo atravesar las avenidas;
en la tarde amanecí con el cuello torcido.

Saben que lo sin remedio es un amor por ganar,
que del pozo estéril salen cubos desbordados de rock
/ melancólico,
que en la pústula interna hay diminutas flores,
que del nudo en la garganta puede brotar un brazo.
En fin.

Los entristecidos saben que a la soledad llega siempre
/ un beso,
un grito,
una palabra más triste,
un vaso de vino amoroso,
un poema arrancado al suicidio,
una mano que nos acomoda el cabello.

(De entre los animales que medran en los entristecidos, el león tiene un sitio predominante. Este
carnívoro ofrece un silencio y un llanto tan potentes

como la voz. A decir verdad, a los entristecidos no les
interesa su voz; sólo retoman el mutismo y la forma de
gemir de los leones. Respecto a la nauyaca no hay duda
alguna, sobre todo en el caso de la especie te amo, ser-
piente que tiene vocación de sepulturero).

Los entristecidos llevan un león en el lugar del
alma y una nauyaca en el sitio de la querencia.
Los entristecidos quieren terriblemente
y lloran como leones silenciosos.
Su hora preferida comienza en la madrugada:
merodean sobre las tejas,
en el sueño del prójimo;
se contorsionan en la oscuridad vegetal,
se muerden a sí mismos en el callejón,
cambian de piel en los hospitales.
No se les arranca ninguna protesta autoritaria;
pocos saben de su existencia.
Cofradía líquida.

Los oyen bailar en un segundo piso
y los toman por alegres, por ruidosos,
aves de escandaloso aleteo.
Si supieran, si observaran
la manera del vocerío y las vueltas del baile,
los movimientos de la víbora y las patas llagadas del
/ félido;
si pudieran escuchar
por una rendija las palabras que profieren.
Esto es sólo dado a otros entristecidos.

Y otros entristecidos, al escuchar la fiesta del llanto,
/ abren
botellas en sus casas,
se desvisten del cansancio y permiten
que el aroma del limonero entre al cuarto de música.

Los entristecidos no conciben la belleza sin cicatriz,
como el presente que es también el futuro,
como la caricia que es un poco tierno picotazo,
como una mano con las uñas mordidas.
Los entristecidos aman
el poema dolorido,
las arañas de la película,
los recados en la pared;
aman el trazo torpe,
la picazón del pasto,
las ramas vencidas de los árboles.

Mucho hacen con seguir subiéndose a los camiones,
leyendo literatura perfecta,
mucho hacen con ir de compras
y habitar casas de concreto,
mucho hacen con quitarse los zapatos al amanecer,
amándose desnudos.
Mucho, en realidad, hacen.

Pero hay un asunto sobre el que no existe duda:
los entristecidos son los perfectos amorosos.

Fuera del ring

Rodolfo entró en la cantina, no preguntó por nadie, sólo se quedó parado frente a la barra. En el rincón opuesto, en la penúltima mesa, estaban dos hombres: su manager y un joven. Rodolfo pidió una cerveza, pagó de inmediato, y, al apurar el vaso, algunas gotas mancharon su corbata de flores guindas.

En el espejo buscó su cara, un tic en el ojo izquierdo se produjo al no encontrar huella de sus facciones. Únicamente se reflejaba en él la parte sin etiqueta de las botellas; se limpió la boca con el antebrazo y esta vez manchó la manga del traje blanco. El manager lo saludó levantando el vaso, el joven le sonrió afectuosamente. El boxeador no contestó el saludo de ninguno, siguió parado delante de la barra, flexionó una pierna para apoyarla en el tubo. Al tomar otra cerveza insistió en encontrarse con su rostro, el tic fue más pronunciado al observar que la nuca del cantinero sí estaba dentro del espejo; levantó un brazo como para acomodarse la camisa fuera del saco y comprobó que ni siquiera el brazo se reflejaba.

En su mesa, el joven se preparó una cuba de Castillo. Masticó unos cacahuates.

–Se me hace que Rodolfo ya leyó las *Últimas* –dijo, señalando un diario en que el manager recargaba el codo.

–Trae una cara de loco que no puede con ella –explicó el manager.

De *Fuera del ring*.

–Ni nos saludó, debe andar encabronadísimo –agregó el joven.

–No me extraña, a ver cómo me lo toreo –dijo el manager.

Rodolfo caminó hasta la penúltima mesa y rascándose la oreja con el meñique.

–Tiene usted muy poca madre –dijo.

El manager quiso decir algo

–Cálmate, manito –intervino el joven– qué te pasa.

–Tú sabes que los periódicos nunca dicen la verdad –se justificó el manager.

–Tiene usted muy poca madre –insistió Rodolfo, queriendo agregar alguna inmundicia, pero las palabras se atoraron entre sus dientes.

–Conque me le salí del huacal, ¿no?

La cantina quedó en silencio, el ruido de un escape y la música de un cilindro entraron en la avenida Guerrero. El boxeador tomó de las solapas al manager, lo sacudió cuatro o cinco veces y, al soltarlo, el manager fue a caer debajo de la última mesa. El joven intentó detener a Rodolfo, pero éste, de un manotazo, lo aventó hasta la pared.

–Conque usted no sabía nada de nada.

–Rodolfo –gritó el joven al descubrir que Rodolfo sacaba un boxer de la bolsa del saco.

El manager intentaba incorporarse cuando el boxeador tiró el primer golpe; aquél volvió a caer mientras una mancha de sangre aparecía debajo de su oreja. Con esa manía tan conocida en él, Rodolfo levantó el puño a la altura de los pómulos. Al restregarse la cara, no sintió la nariz; después intentó tocarse los labios, pero tampoco descubrió la boca; miró a su alrededor como buscando una respuesta. El manager, debajo de la última mesa, saca una pistola y dispara cuatro veces contra el cuerpo de Rodolfo.

Llegué

A la mañana siguiente, me confesó que le había parecido que el universo hacía cita en el hipódromo, que planetas y planetoides volaban sobre la pista y las cabezas de los aficionados, que los pulmones se le llenaban de éter.

–Ahora sí se chingó todo.

Y renegó con estas palabras como si efectivamente Plutón y Mercurio y Saturno le rondaran los ojos: estaba pálido. A mí me extrañó su aspecto porque en ese momento entraba la mejor chica de la mañana, sobre todo cuando Super Cookie amenazaba echarnos abajo la 2-6.

–De seguro fueron los jatdogs.

–Ya se te va a pasar, nenito –le dijo Isabel.

Yo no alcanzaba a comprender a qué se referían. Le miré los ojos a Isabel y me dio a entender con un gesto que sí, que para Ricardo todo se chingaba en ese momento, que lo de menos era que la 2-6 entrara preciosa en medio de la gritería y el llanto de los aficionados, desde preferente hasta sol.

–¿Qué pasa? –pregunté.

–Ya tengo media hora y nada que se me quita.

–Pero cálmate, nenito, nada vas a ganar con ponerte así.

Por mi parte levanté los hombros dándoles a entender que con su pan se lo comieran. Préstamelos –le

De *Miedo ambiente y otros miedos.*

133

dije a Ricardo, mientras le arrebataba los boletos de la mano–, yo cobro. Les di la espalda y empecé a caminar abriéndome paso entre la Vía Lactea de mujeres y hombres ensombrerados y sudorosos. En las taquillas había un colón como de medio kilómetro; pero no importaba porque íbamos a sacar diez mil entre los dos y eso ameritaba hacer hasta una cola de cuatro kilómetros.

–¡Felicidades! –exclamó el pagador, como dándome a entender que le prestara unos cien pesos, aunque fuera.

–Ya sabe usted, de vez en cuando le toca a uno –le contesté, escabulléndome, antes de que me pidiera una propina que, en realidad, no se merecía.

Diez mil pesos exactos, ni más ni menos. Decidí abrirme paso de nueva cuenta por la Vía Lactea: piernas, sudor, viseras, malos alientos, individuos con el ceño fruncido y otros con cara de satisfacción, e Isabel y Ricardo brillaban por su ausencia, me habían dado plantón.

Primero pensé que Ricardo intentaba darle vuelta al negocio. Yo estaba de acuerdo en que la importación de baleros a veces se pone cabrona, pero eso sucede con la mayoría de los productos de importación, además el que no arriesga no gana, le dije contundentemente a Ricardo, Ricardo hizo Mmm y se rascó detrás de la oreja, se miró los zapatos y me respondió: Bueno, pero Sonia sería subgerente o algo por el estilo, así le echas un ojo. Por eso no te preocupes, agregué, y me imaginé las caderas de Sonia, qué buena estaba Sonia. De antemano existía el acuerdo de que

134

yo sería el gerente general, tomando en cuenta que Ricardo ya no tenía tiempo de nada con la importación de agujas y sapos y con la fábrica de ropa. A mí no me convenía el cien por ciento porque de un tiempecito para acá andaba correteando un negocito de lo que fuera. Lo que menos me imaginaba era que Ricardo quisiera poner de subgerente a Sonia, lo que equivalía a que Sonia fuera una especie de secretaria-espía. Si este Ricardo es pendejo, pero va a misa: le cuido a su culito y su culito me cuida a mí.

Luego imaginé que Isabel le había confesado lo nuestro y que en un momento de arrebato se largaron para que Ricardo no me volviera a ver la cara nunca de los nuncas; pero Rikis no estaba en condiciones de tener una concepción del honor tan a la francesa. Su reacción inmediata sería cachetear e insultar a Isabel sin importarle los aficionados presentes: gran escandalera en los de preferente, una pistola sería capaz de aparecer en sus manos lo mismo que los planetas frente a sus ojos, para meterle seis balazos en plena Vía Láctea.

Claro que sí, me decía a mí mismo, estoy caminando por la cuerda floja, más bien caminaba por muchas cuerdas flojas: por una malla floja. Necesitaba un adelanto, por lo menos para el lunes, para cubrir la deuda que andaba bailando en la Financiera y para que autorizaran el traspaso de la maquinaria. Después habría que tender una cuerda por aquí y otra por allá, y reponer la sangría al adelanto de Ricardo; ya con el negocio caminando las cosas tomarían otro rumbo.

Isabel era la cuerda más floja, pero la más redituable de todas; con ella tenía asegurada una rentita mensual que no estaba en condiciones de abandonar, aunque me repugnaran sus llantas y su cursi melancolía. Además Chabela me quiere, me ama apasionadamente, soy su aventura inolvidable y su motivo de aguadas lágrimas nocturnas y una confirmación de su desgracia, a pesar de los niños, de los dos carros y la camioneta Datsun tan práctica, de la cocinera y la mucama uniformemente uniformadas y del bruto ese de Ricardo: Chabela sería capaz de privarse de todas esas comodidades con tal de irse a vivir conmigo a una isla desierta.

Con Sonia no he tenido más que un morboso intercambio de miradas y hasta ahí, porque me imagino que Sonia es de esas mujeres cochinonas que les encanta decir marranadas en el momento del clinch, y no dudo que en pleno agitado ir y venir le confiese a Ricardo que yo así y asado con su esposa y así y asado con ella, y sobre todo asado, porque yo también soy de los que recuerdan otras relaciones carnales en el momento del clinch y le diría a Sonia: esto y aquello y lo de más allá con la puta de Chabela, sí, con la esposa de Ricardo, olvídate, así como la ves de pipiú y guante, en la cama es un tigre, ¡carajo! Entonces más me vale vivir alejado de Sonia, aunque me tenga que morder un huevo por sus nalgas. ¡Sus nalgas!

Pero recapacité: no le quiere dar vuelta al negocio ni Chabela ha confesado nada de nada. Lo que pasaba era que Ricardo se había puesto mal de alguna misteriosa enfermedad y no pudieron esperar más, y salieron volados hacia una clínica u hospital. Todavía

136

jugué ocho veces en la última, hablé por teléfono pero los señores todavía no llegaban; me fui solo a la taberna del pinche italiano loco. Al fin y al cabo Isabel me llamaría más tarde para ponernos de acuerdo. Comí lo clásico: espagueti a la boloñesa, unos ravioles apestosos que dejé a medias y vino blanco.

Cuando llegué a casa, Petra me informó que la esposa del señor Ricardo había estado llamando, que después hablaba.

—Prepáreme un turco, Petra.

—Síeñor.

Me puse a leer las *Últimas*: la OEA se desintegra, reuter, Kissinger declara que su gobierno puede bajar los precios de importación del tomate y la papa si México sube a dieciocho dólares el precio del barril, el América se coronó con goles de Reynoso y Gómez.

Con suerte hasta me quedo con la lana de los caballos, como haciéndome el olvidadizo; pero no, es mejor política entregarle sus cinco, aunque se le hayan olvidado. Es un punto a mi favor.

—Yo contesto.

—Síeñor.

Era, desde luego, Isabel, que comenzó inmediatamente con su melcocha: sí mi amorcito, no mi amorcito, no te preocupes mi rey, etcétera, etcétera. Por fin: le enfermedad secreta de Ricardo salió en primer lugar. Cuando Isabel me contó de qué enfermedad se trataba no pude impedir, a pesar del tono de circunstancias que asumía Isabel, una sonora carcajada.

—No te burles —me dijo con el mismo tono—, que su padre murió de lo mismo. Y eso es lo que le pone los pelos de punta.

Eché una nueva carcajada porque me imaginé a Ricardo con los pelos de punta. Isabel se percató de que no debió haber dicho << los pelos de punta >>, porque inmediatamente lanzó una penosa risita.

—Así que ahora no nos podemos ver.

—Se pone como chiquito y tiene razón.

—Mira nomás, ¿y ya le ha dado otras veces?

—Dos, pero no ha pasado de media hora, dice que después de media hora la cosa se pone fatal, según los médicos.

—Por lo menos me hubieran esperado.

—Cómo querías, Ricardo es. . .

—No me tardé ni cinco segundos.

—Para Ricardo fueron años luz.

—¿Entonces?

—No puedo, tengo que cuidarlo.

—A la misma hora, en el mismo lugar y cuando quieras.

—Está bueno, pero tenle un poco de respeto a Rikis.

—¿También tú?

—Bueno, en el fondo no es para tanto.

—¿Entonces?

—Dentro de dos horas.

—No es para tanto.

—Ya te quisiera ver.

—Hablas como si ya se te hubiera muerto tu famoso Rikis.

—Bueno en una hora, amorcito.

—No te cuelgues de todos modos.

—No, no te preocupes, mi rey.

—Okey.

Nada más eso me faltaba: que Ricardo se enfermara de hipo.

Me reí por dentro y luego por fuera y Petra se sorprendió que probablemente me estuviera volviendo loco. Me di mi tiempo para tomarme mi turco.

–Tráigame las galletas, Petra.

–Síéñor.

Luego me di un bañito, me puse unos calzones transparentes, como los que le gustan a Isabel, y también una camiseta transparente; todo transparente para que Isabel me admirara este bello cuerpo. Camino al departamento intenté quitarme esa sensación de angustia que se me metió sin sentir; de mi casa al cuerpo de Isabel todo fue bultos, piezas de algo grande, de la ciudad, palabras: Salí carro calles arbotantes caras cuerpos llegué Isabel besos puerta escaleras alfombra casa vacía amorcito amorcito 2-6 cochinito carcajada hipo media hora Sonia culito amorcito nalgas así y asado putilla calzones transparentes ojos de Chabela lengua manos alfombra putillita ag putillita gr ag ag así y asado y:

–No sé cómo le podemos hacer esto a Ricardo –concluyó Isabel, mientras le brotaban las primeras lágrimas.

Entre moco y moco, me platicó que lo dejó en muy mal estado. Ricardo se opuso terminantemente a que Isabel se quedara en casa, que no podía cortar sus relaciones sociales por algo de lo que no estaban seguros, que lo mejor era no pensar en lo peor, además que si por desgracia moría, ella tendría que seguir una vida común y corriente, como si no hubiera pasado nada, que él, desde la cama de convaleciente, deseaba lo mejor de lo mejor para su futura viuda. Pero, le recomendaba, en el caso de que Isabel emprendiera una nueva vida con algún otro hombre, que no se casara con cualquier pelagatos; que se cuidara de los vividores cazafortunas, los cuales abundaban en el Distrito Federal y en todas las grandes metrópolis; que se cuidara, en resumidas cuentas, de que no le chuparan todo el dinero que él, Ricardo Lizárraga, le dejaba en títulos, acciones y cédulas hipotecarias. Según Isabel, mientras Ricardo le daba estos consejos, él sudaba a chorros y derramaba aguadas lágrimas. Recordó la espeluznante muerte de don Ricardo, que los médicos se mordían las uñas ante la imposibilidad de detener aquel hipo que cada vez más subía de tono y cubría de luto la casa de los Lizárraga.

–Va a ser la noche más terrible. Ni yo voy a poder dormir.

–¿No crees que Ricardo está exagerando la nota? En la acutalidad los médicos ya no se muerden las uñas.

Aún seguíamos entrepiernados, la cabeza de Isabel se apoyaba sobre mi hombro derecho, sus lágrimas me recorrían el sobaco.

–Le acaricié el nacimiento de las nalgas.

–Puede que sí.

–Sí, porque si no, no estarías aquí.

Mis manos subieron un poco hasta encontrarse con un par de gruesas llantas, Isabel me las retiró, volviéndomelas a poner en el nacimiento de las nalgas.

–Si estoy aquí es por otra cosa.

–Qué bueno.

–Lo sabes bien, cariño, no necesito repetirlo como perica.

–Qué bueno.

Mis manos insistieron sobre las llantas, esta vez Isabel se quedó quieta, luego comencé a rascarle los granitos de la espalda; Isabel movió un poco la cabeza como acurrucándose entre mi hombro y mi cabeza. Me dio un beso en el cuello.

–Te quiero, tontito.

Me revolvió los cabellos.

–Le empezó cuando la 2-6 entraba preciosa.

–Desde antes, cuando repitió los jatdogs.

–Por poco y Super Cookie...

Nuestros cuerpos se separaron lentamente, Isabel rodó hacia mi derecha, quedando recostada sobre mi antebrazo, se enderezó poco a poco y me mordió la tetilla izquierda. La retiré jalándole una oreja.

–Malcriada.

–Tonto.

–Putillitita.

–¿A que no sabes una cosa?

–¿Qué?

–Que Ricardo ya no quiere hacer el negocio contigo.

Se me revolvió el estómago, sentí que los malditos ravioles se me subían a la garganta, odié las llantas y la panza de Isabel.

–Pero si los negocios no tienen nada que ver con el hipo. Además es tu futuro.

–Pero...

–¿Pero?

Isabel me abrazó, plantándome otro de sus besos en el cuello; la retiré con fuerza. Me enderecé y en el momento en que iba levantándome, una mano de Isabel todavía alcanzó a acariciarme una nalga. Empecé a vestirme.

—¿Ya nos vamos?

—Voy al carro por los cigarros y a tomar un poco de aire.

—Ahora tú eres el que exagera la nota. En la bolsa traigo los míos.

Fui hasta el bolso de Isabel, saqué la cajetilla, encendí uno. La angustia regresaba a joderme; Isabel me miraba esbozando una sonrisa burlona. Quise darle un par de madrazos o por lo menos una patada en las nalgas en el momento en que se levantaba. Pero nada más observé su descuidado cuerpo. Acabé de vestirme.

—Le dije a Rikis que no te había encontrado. Está muy sentido porque no le has hablado.

—No soy adivino.

—Me comunico contigo en media hora. Procura estar para que platiques un poco con Rikis. Él te estima bastante.

—Okey. Y deja de decirle Rikis.

Isabel se fue. Pero antes terminó de contarme todo el drama del mártir Ricardo. Aparte de su decisión de suspender nuestro negocio, mandó llamar al licenciado Robles para dictarle su testamento: a Ricardito o Riquito le dejaba las tres cuadras de Viveros de la Loma; a Chabelita o Chibis le asignaba los edificios de Luis Moya; a Isabel Martínez de Lizárraga o Chabela le dejaba todas las acciones, títulos y cédulas hipotecarias, además de otras pequeñas propiedades que el licenciado Robles se encargaría de ordenar y contabilizar. Donde la pendejada de Ricardo llegó a los límites de lo absurdo y lo impensable fue en sus íntimas confesiones póstumas; ahí sí que verdaderamente la cagó. Por mi parte yo no confesaría nada de nada. Después de las confesiones de Ricardo, Isabel lo dejó hecho un mar de llanto, hip, y llegó hasta esta alfombra un poco para desquitarse de algo que ya sabía, otro poco porque la probable muerte de Ricardo la ponía en un estado particular de sensualidad y libertad. Cony y Elisa y la Francesa y Elizabeth y desde luego que últimamente con Sonia, que Sonia era la última, que lo perdonara por todo y por los malos momentos, que sólo un sacerdote y ella podían darle el perdón eterno; que a pesar de su infidelidad para con ella nunca, nunca le había faltado a los niños. Y que para que constara que su arrepentimiento era de aquellos que pocas veces se veían, él, Ricardo Lizárraga, dejaba en las manos de Isabel Martínez futura viuda de Lizárraga una fortuna, quizá codiciada por muchos egoístas, mientras que a Sonia no le dejaba ni quinto. Eso es, ni-quin-to.

Yo también salí embarrado en esas confesiones póstumas: que cuando anduvo con la Francesa yo salía con la Canadiense, y que, te lo confieso amor de mi vida, nunca hubo tal convención en Acapulco ni tal viaje de negocios a Monterrey, ¿te acuerdas?, ni tal problema aduanal en el puerto de Veracruz, que los más gratos momentos los había pasado al lado de su Chabelita, que le creyera. Luego ya no quiso seguir porque no tenía caso, que ella comprendiera, que lo dejara un poco, hip, que el hipo lo estaba acabando.

Me puse los zapatos; la angustia insistía puntual y aguda. A medida que recordaba las palabras de Isabel << ¿A que no sabes una cosa? >>, la rabia me asaltaba, y luego esa sonrisa burlona, ¡carajo!: Salí carro calles carajo arbotantes puertas Petra turco:

–Síeñor.

La malla floja había cedido, rompiéndose por la zona que parecía más segura. Sin embargo quedaba una posibilidad un poco macabra: si Ricardo se moría esa misma noche, al otro día Isabel ordenaría que el licenciado Robles cerrara el negocio conmigo: hasta una semana había de chance para que se muriera Ricardo. De todos modos la cuestión estaba en que Ricardo se tenía que morir durante la próxima semana para que la malla me soportara de nuevo. Ya me imagino los reproches de Ricardo si yo fuera a convencerlo del negocio: sólo buscas el dinero, no tienes alma, eres un desconsiderado, estoy a las puertas de la muerte y tú pidiéndome dinero, ¡fuera de mi casa, desalmado!, en el fondo nunca fuiste mi amigo, ¡negocios en este momento! Esperar, no había otra que esperar. Esperar. Y a ciencia cierta podía esperar tres meses, que fue el tiempo que tardó don Ricardo con el hipo y con la vida, hasta estirar la pata. Según Isabel, había gentes que se morían en tres días, otras en cuatro meses, y algunas en un poco más de tiempo; para entonces por lo menos me mandan unos diez años al Palacio Negro, y ni modo que Isabel me consiga una cantidad tan grande. Morir de cáncer todavía, pero de hipo me parece una pendejada. Es como morirse de bostezo o de pestañear, en fin.

–Yo contesto.

–Síeñor –se escuchó que contestaba Petra desde la cocina.

–En dónde se metieron. Los anduve buscando como loco.

–

–Qué tiene.

–

–Qué mala suerte

–

–A ver, pásamelo.

–

–¡Qué te pasa, hombre!

–

–Sí, sí me acuerdo, de lo mismo.

–

–Ahorita mismo voy para allá.

–

–Bueno, si tú lo quieres. De todos modos cuenta conmigo. Ya sabes, lo que necesites.

–

–Comprendo, no tiene. Qué médico te está atendiendo.

–

–Es una eminencia, confía en él.

–

–No te pongas pesimista, no siempre es de gravedad, y eso tú lo sabes muy bien, Ricardo Lizárraga.

–

–Por eso no te preocupes, lo primero es tu salud; ya después veremos.

–

–Se puede atrasar, las máquinas no se van a ir.

–

–De veras, ¿no quieres que vaya?, se puede ofrecer algo.

–

–Muy bien, en punto. Estaré ahí antes de que cante el gallo.

–

–Yo manejo, no te preocupes.

–

–Cualquier cosa que se les ofrezca, ya sabes, para eso estamos.

–Okey, okey. Chao. Que te mejores, y despídeme de Chabela.

–

–Gracias.

Esa noche tenía que ser forzosamente. Hablé con Duber y que también estaba quebrado, que ni quinto. Y todos los canales se me cerraban, mientras la malla quedaba allá arriba, en la cabeza del precipicio. Pensé en irme de México. Irme de México; pero antes lo más razonable era esperar la noche y el amanecer, y qué ocho y media ni qué madres, a las siete estoy en primera fila. Qué noche tan terrible, me acordé de las noches para amanecer examen de inglés en la secundaria, de las noches antes de ir de día de campo, de la noche en que al otro día me le declararía a Margarita, la noche en que me dijo Lety que no le bajaba; pero esta noche resumía todas aquellas noches: la angustia y el no saber qué hacer eran los únicos

146

ogros que presidían mi noche. Me tomé alrededor de diez turcos; la pijama la mandé al carajo, empapada de sudor, y la mañana comenzó a aparecer, terrible, quizá un gris mañanero como nunca. Durante toda la noche esperé el telefonazo fatal y salvador, y no llegó. Las seis de la mañana entraron penosas, lentas; un bañito revitalizador, una rasurada, el último turco y salí de casa.

Hacía bastante tiempo que no miraba a las gentes tan temprano. En las esquinas, al menos eso parecía, se arremolinaban los empleados y los obreros, sobre todo obreros. Hacia las calles por donde vive la familia Lizárraga los obreros empezaban a escasear; poco a poco los empleados también desaparecieron; podía pensarse que por esas calles nadie transitaba, que nadie vivía, a excepción de alguna criada regando un pasto bien recortado. Las calles de costumbre y la casa de costumbre de Ricardo Lizárraga. Me abrió una de las uniformadas, no sé si la cocinera o la mucama, siempre las he confundido. Isabel salió al jol a recibirme, estaba ojerosa.

–Me dijo que lo despertara en cuanto llegaras. Pero antes de que lo veas, una última confesión: él mandó matar a Ramírez para que la fábrica no se fuera a la huelga, ¿lo sabías?

–Ya lo sabía. ¿Por qué?

–Porque. . .

Isabel me siguió y en el primer descanso me dio una nalgada.

–Son un par de malcriados asesinos.

–No jodas, Chabelita –le dije casi con un susurro.

Antes de entrar a la recámara me dio otra nalgada; en ese momento salía otra uniformada, que peló tamaños ojotes cuando Chabela me nalgueó; también salió una enfermera, qué caderas.

Me encontré con un Rikis sonriente, ojeroso, adelgazado considerablemente, pero sobre todo sonriente. Isabel se quedó en el pasillo, y quizá escuchó que Ricardo me confesaba que le había parecido que el universo hacía cita en el hipódromo.

El Fantasma de la Jerga

a Magali y Rosendo

. . . como fantasmas de una raza
extinguida. . .

Augusto Monterroso

El silencio y la soledad, la quietud y el aislamiento, la ausencia y el amanecer de tonos grises lejos de las ventanas, las habitaciones en reposo y los objetos a punto del habla son, entre otras sutiles, las condiciones ambientales necesarias para el buen cumplimiento de los avatares en el transitar de este Fantasma.

Como suele pasar con la mayoría de los fantasmas, el de la Jerga es amo y señor de un espacio que no le pertenece, el espacio casi sagrado donde perduran las pertenencias de los otros como prolongaciones autónomas y necias de sus dueños. El Fantasma de la Jerga penetra y abandona en el destiempo esa intimidad ajena a él. Remueve, desplaza, levanta, posa los objetos que nunca serán suyos.

Sus movimientos son siempre lentos y precisos, enérgicos y meticulosos; el recorrido que lleva a cabo es el mismo de tantos y tantos amaneceres. No hay puerta, más o menos importante, que resista su irremediable melancólico paso. Es implacable y decidido; sus quehaceres y responsabilidades están fatalmente deci-

De *Textos extraños.*

149

didos por un más allá que aunque el Fantasma reconoce, niega, pues se encuentra condenado a proseguir con el paso lento, silencioso, mientras sus brazos van y vienen hendiendo una soledad que no puede compartir con nadie ni con otros fantasmas. Los otros fantasmas de su especie tienen asimismo destinados, a veces con rigurosa exactitud, sus territorios, la zona donde reproducen y coagulan la rutina que todo Fantasma de la Jerga debe efectuar, sin que desde luego puerta alguna intente detenerlos.

El Fantasma de la Jerga está obligado a desaparecer antes de que cualquier alma ponga pie en las habitaciones, antes de que los otros le den el contundente vuelco cotidiano al ámbito creado por nuestro Fantasma, antes de que los dueños de la casi monástica intimidad lleguen envueltos en su inocente algarabía, en sus inevitables ruidos, en sus presencias vívidas. Previamente a que todo ello suceda, el Fantasma de la Jerga desaparece debido a leyes que escapan a sus intenciones. No puede permitirse transitar entre los otros; sólo cuando éstos han partido, él puede surgir nuevamente, como los ejércitos silenciosos que recorren la ciudad durante la noche rehaciendo lo que en la vigilia se deshace.

Los otros no intuyen la existencia del Fantasma; hay una desmemoria milenaria que tiende a negar el devenir del de la Jerga. Por su lado, el Fantasma no piensa en una memoria ajena que lo restituya porque tiene sus pasillos y escaleras, sus caminitos y cámaras, su destiempo y desespacio. Sin embargo, muy de vez en cuando, en aquellas habitaciones más íntimas, percibimos su voz cuando charla por descuido con otro fantasma. Ahí nos es dado saber que ellos engañan y lloran, reniegan y aman, visitan los templos de sus religiones, comen y sufren, asisten a espectáculos para fantasmas, tienen deseos y sabiduría, salen de paseo a centros recreativos que les han destinado. Nos es dado enterarnos que a través de sencillas transfiguraciones no resultan tan irreales como algunos hemos llegado a imaginar y que se lanzan por las calles de una ciudad donde ocupan otro ámbito, otro territorio, otra zona, siempre lejanos de nuestra atención. Ahí, en aquella habitación más íntima, y muy de vez en cuando, a pesar de la delgada pared que nos separa de ellos, nos es permitido compartir con ellos la soledad y la quietud, la ausencia y el amanecer de tonos grises lejos de las ventanas, el silencio y el aislamiento, sus amores y desamores y la intimidad de los fantasmas que por una casualidad nos robamos durante un lapso pequeño de vida.

Cuando escuchamos el coloquio de los de la Jerga, sus palabras a veces nos llenan de tristeza, aunque sea probable que no la necesiten; nos llenan de extraña ternura, aunque parezca que no la supongan ni la requieran.

Quienes por una feliz coincidencia lo hemos visto aparecer por alguna puerta, nunca podremos olvidar el largo palo de escoba que descansa sobre uno de sus hombros, la jerga húmeda que va lamiendo con sus bordes el piso, la figura un poco encorvada y parsimoniosa de El Fantasma de la Jerga.

Aquí Georgina

Un horizonte de naufragios
la esperanza en todas partes
Óscar Collazos

La casa así callada y sin limpieza la salca Catsup el Nescao calzones de la Carla el pocillo con el colador encima cucharas sobre la mesa además folders baberos una manzana medio mordisqueada así con esos y otros objetos fuera de su lugar y ocupando sitios prohibidos, sin música y sin la tele, sólo algún insignificante ruido que se colaba de la calle; la casa, así le parecía a Georgina una casa vacía, inútil, casi a punto de caerse, arrastrando al edificio hacia esa misma inutilidad. Georgina, a pesar de esa impresión, intuyó que no estaba bien que la casa le produjera sentimientos absurdos, casi llegó a pensar que aquello resultaba contradictorio, sobre todo sabiendo que los objetos regados representaban vida, aunque fuera vida y movimientos pretéritos y que sólo esperaban una mano, el estropajo, el agua de una llave y las aspas de la lavadora. Georgina llegaba de la calle, de una diversidad mucho más revuelta e incomprensible; había venido pensando en la ocasión que Bernardo metió a la hielera unos puros cubanos que nunca se fumó porque el refri estaba descompuesto y se congelaba más de la cuenta y entonces, después de una

De *Miedo ambiente.*

semana, los puros parecían unas salchichas metidas en un cubo de apretado plástico; no se afligieron tanto por el glacial destino de los puros, sino porque un amigo se los había mandado desde aquella isla que navega, libre, sobre las aguas del Caribe, y porque, sin quererlo, significaba congelar el humo que aromatizaría el departamento. Luego pensó que siempre les andaban sucediendo cosas como la de los puros: un vino tinto con una araña añejada, el libro de Saúl Karsz con la mitad de las hojas en blanco, y así podría ir recordando aquellos sucesos extraños que primero disfrutaban y festejaban y que luego los hacían pensar en jugarretas y guasas de mal gusto y que, a través de una especie de buena-mala suerte, las guasas de la sociedad, las pequeñas y las grandes, como un obrero vomitando sangre en la madrugada, eran el signo de la violencia y la amargura, signo que muy bien podía introducirse en el tabaco de unos puros congelados, en una araña navegando en una botella de vino, en un jarrón que se quebraba en cuanto lo colocaban sobre una tabla del librero. O la maleta que les robaron en Córdoba, en la que cargaban huipiles y dibujos de los indígenas de Guatemala.

Además de ponerse a juntar el rosario de sus buenas-malas suertes, Georgina recordó que Bernardo y la Carla no estarían en casa cuando ella llegara; se habían ido al circo para que ella, Georgina, pudiera hacer sus cosas con tranquilidad. Sola y concentrada, sacar su resumen de *El Estado y la revolución*. Sabía que ahora que llegara se encontraría con la ausencia de los dos; pero lo que menos imaginaba era que al entrar sentiría que el departamento estaba a punto de caerse, mostrando cierta contradictoria inutilidad a partir del reguero de objetos. Con esa sensación de vacío se puso a dar una recogida; tan sólo significaba invertir por lo menos una hora para dejar medio acomodado, al fin y al cabo era su cuota de trabajo manual; después Bernardo agregaría la suya una vez que la Carla quedara cambiada con sus pañales para toda la noche, y el biberón atragantándola. Además, y ya lo había experimentado en otras ocasiones, si se ponía a trabajar con la casa tirada no podría concentrarse, estaría volteando, inquieta, a mirar las cosas ocupando lugares prohibidos. Entonces, mejor prefería acomodar, o al menos arreglar la zona en la que trabajaría. Sin embargo siempre le gustaba arreglar más de la cuenta, no tanto porque ella fuera mujer ni por la tradición doméstica que su madre le heredara –y que ahora iba cayendo plato a plato, ropa a ropa–, sino porque quería a la Carla y al nuevo Bernardo. Ese acomodar más de la cuenta significaba para ella corresponder, un toque de cariño, darle un beso a las cosas que todos usaban, porque el cariño y el amor no se apagaban con las modificaciones surgidas entre la pareja, entre ella y Bernardo; había que darles otro sentido, un nuevo impulso, más libre, sincero, aunque unos supuestos ojos externos a ellos no comprendieran, aunque ante esos supuestos ojos todo pareciera formalmente igual, el mismo cariño, el mismo beso, los mismos cuerpos haciendo el amor, porque al fin y al cabo esos mismos supuestos ojos opinarían que si ella le brindara cariño a "otro hombre" significaría alguna autosolapada manera del engaño, aunque en el fondo fuera una actitud para repudiar la tradición doméstica, el aguante materno en su eterna cocina, en su eterno trapeador, en su eterna cama, mientras el padre, siempre querido y disculpado por esta sociedad patriarcal, se la pasara en su eterna cantina, en sus eternos chistes morbosos, en su eterna otra cama.

Por eso Georgina ahora, después de dejar limpia la mesa sobre la que pasaría su resumen, colgaba una cortina blanca en la ventana del pasillo, sabiendo que sus piernas estiradas, con la falda llegándole hasta la orilla de las pantaletas, estaban bien torneadas, agradables y acariciables, según referencias de Bernardo y de algún piropo callejero; sintió como si los ojos de Bernardo se posaran sobre sus pantorrillas y luego los sintió correr hacia sus muslos y meterse debajo de la falda hasta sus nalgas. Bajó los brazos y con ese movimiento su cuerpo entró al descanso después de haber estado estirado; los ojos de Bernardo cayeron de sus caderas, desaparecieron de su imaginación, y con eso fue suficiente para que Georgina derrocara un poco esa sensación de casa inútil que hasta antes de colocar la cortina la atrapaba. Se dijo que sería bueno poner el radio, escuchar las noticias, algo de música; aún tiró de la cortina como dándole el último toque de acomodo. Miró por la ventana, sus ojos se fueron hasta el fondo del panorama, recorrió con la mirada las azoteas desnudas de las casas del barrio donde azotara una pandilla que se hacía llamar Los Nazis que, después, según había escuchado en la carnicería de la vuelta, muchos de sus miembros habían pasado a engrosar las filas de la secreta o la ju-

156

dicial –en realidad ella nunca había distinguido bien entre la judicial y la secreta, pero sabía que la federal era más efectiva que las primeras–. Se quedó un buen rato mirando las azoteas; por la pobreza de las casas del fondo le vino el recuerdo de Los Nazis, con sus motos escandalosas y sus chamarras de cuero luciendo las consabidas calaveras a la espalda y las dagas en la cintura y algún revólver atorado en su funda en la bolsa de la chamarra del temible cabecilla nazi. Sin embargo, a pesar de que comprendía que la pobreza y la explotación eran el sustentáculo terrible de esas pandillas –porque habría que decir que cada barrio bajo tiene su pandilla: Los Chicos Malos, Los Cocodrilos, Los Papotas, etcétera–, había comprobado que los diarios y los noticieros de la televisión ocultaban la existencia de las gángsters de lujo, de gasnet y chamarras de piel de antílope, los niños popis transformados en peligrosos asesinos y traficantes en grande: cocaína y morfina, armas y trata de blancas –"las casitas del barrio alto con rejas y antejardín. . . hay rosadas, verdecitas, blanquitas y celestitas", pensó que cantaba Víctor Jara–. Sí, los medios de comunicación silenciaban las atrocidades de "los niños de su papi", de "los –verdaderos– gángsters de la sedición", lo mismo que silencian muchos otros hechos atroces, como un obrero vomitando sangre después de una golpiza. "Hay rosadas, verdecitas".

En lo que se retiraba de la ventana, la canción de Víctor Jara se le quedó rodando por dentro; le entró la tristeza de siempre por Víctor Jara: ¿Cuántas veces no había llorado con sus canciones, sintiendo que esa voz un poco fuera de las canciones demostraba más las ganas de hacer la revolución que lo desentonado? ¿Y la canción de la obrera que espera a su hombre –"levántate y mira la montaña"– no la había llevado por quién sabe qué amargos caminos y mecanismos sentimentales –"levántate y mírate las manos"– a pensar, como en una sostenida pesadilla, en que el aplastamiento del pueblo chileno había sido una gangrena que pasó poco a poco de un rumor a una realidad difícilmente atrapable con las palabras y las ideas, y que más bien la comprendía mejor escuchando las canciones de Víctor Jara o leyendo un cuento de Skármeta o Délano, y aun, sintiendo una profunda rabia envuelta también en llanto, leyendo algún pinche poema de Nicanor Parra, pensando, aunque la moral burguesa no lo permita en una mujer, que todos los Nicanores eran unos hijos de la gran puta, sin huevos mucho antes de la gangrena, mucho antes de los encapuchados y no encapuchados asesinos, para siempre terminar triste y con otro poco de llanto, mientras la canción de Víctor Jara seguía y seguía hasta que todo esto se arregle?

Para entonces ya había encendido el radio, salía de los bafles un vals, se interrogó si el autor sería el intrépido y siempre amado por las mujeres Strauss hijo o el autoritario y envidioso Strauss padre. Cuántas cosas le suceden a uno, se dijo. Nos pasa una mesa pletórica de vida que intenta destruirnos en su quietud, nos pasa una cortina colgando en una ventana que nos lleva a los tinacos y la ropa tendida y las pandillas y las casitas del barrio alto, nos pasa Víctor Jara y la gangrena y luego nos pasa la incógnita de los Strauss. Y ahora Georgina, cargada de tinta, marca contradicciones de la vida, por fin descansa de la tensión de la calle y de la casa, recupera la presencia de Bernardo y la Carla; la mesa limpia, escombrada; a su espalda suena alguno de los Strauss, camina por el pasillo hasta el *El Estado y la revolución,* hasta su libreta verde. Se sienta ante la mesa, coge la pluma, saca su primera ficha, sonríe.

"El Estado capitalista es capaz de asumir las más diversas formas, conservando siempre su esencia, manteniendo inalterables las bases sociales del régimen de explotación de capital sobre el trabajo. Por ello Lenin nos dice: 'La democracia es una forma de Estado, una de las variedades del Estado. Y, por consiguiente, representa, como todo Estado, la aplicación organizada y sistemática de la violencia sobre los hombres'." Con las anteriores frases daba comienzo la primera redacción del resumen que Georgina preparaba. A ella le tocaba la introducción de un trabajo más amplio sobre el Estado, que debería ser entregado por la Comisión a más tardar en una semana; aunque aún habría que discutir la estructura del documento, a Georgina no le agradaba mucho que su parte se titulara *Prolegómenos,* como tampoco le gustaba la palabra *Proemio* que algún compañero había propuesto. Sentía que aquellas palabras tenían algo de sangronas, algo así como si fueran palabras presumidas que paseaban tranquilas por una alameda plagada de palabras-arbusto que más bien sembraban la intraquilidad, la rebeldía, el cambio de estructuras; no podía concebir que pudiera darse la coexistencia pacífica entre palabras-presunción y palabras-revolución. Prefería, por ejemplo, que su parte se llamara *Nota introductoria* a secas; lo de *nota* le cerraba toda posibilidad de sangronada a *introductoria*, como si una palabra proletaria desplegara un control riguroso sobre la palabra pequeñoburguesa; además de que *introductoria* era una palabra más usual, utilizada hasta por los clásicos, bueno, era una palabra más trabajadora o que había trabajado más en la historia de los textos rebeldes. Cuando Georgina se percató de sus disquisiciones a propósito de lo que sentía a partir de las distintas palabras, le entró un poco de vergüenza por lo que pudieran pensar sus compañeros sobre la coexistencia o no de las palabras. Quizá por esa misma vergüenza, que la asaltaba de vez en cuando, no había querido discutir mucho el título de su parte, y quizá también por eso mismo se le había quedado provisionalmente el nombre de *Prolegómenos*. A pesar de la vergüenza le entró coraje, porque en realidad nadie cuestionó ni se burló de algo que ella no se atrevía a confesar; opinó que eso representaba una muestra de autorepresión, que si a veces se discutían tantas cosas sin importancia por qué no discutir a fondo el título de su parte. Entonces se preguntó que si *plusvalía* no era una palabra que operaba como una bomba de tiempo que había heho volar toda la teoría clásica económica y que en la actualidad funcionaba como una verdadera dinamita no sólo en la crítica dirigida hacia la ideología burguesa, sino como el mejor instrumento de politización de propaganda, algo así como el cimiento que algún día desembocaría en el gatillo de una metralleta disparada con rabia y responsabilidad. Entre la palabra *plusvalía* y la palabra *prolegómenos* no podía haber igualdad, existía una distancia kilométrica; por eso, concluyó Georgina, a la palabra *plusvalía* la deben acompañar palabras dinamiteras similares, palabras que estén dispuestas a ofrecer las sílabas de su vida. Tomó su pluma, tachó la palabra *Prolegómenos*, y más abajo escribió: *Nota introductoria*.

Repasó el primer párrafo y se dijo que esa tarde estaba inspirada, que a ese párrafo no le sobraba ni le faltaba nada, que la cita de Lenin entraba precisa una vez que se hablaba de la operación económica cotidiana en su sociedad. Por qué la gente no se daba cuenta de esa capacidad del Estado capitalista de ponerse el disfraz que más le conviene: el Estado-china poblana, el Estado-filantropía, el Estado-buena conciencia, el Estado-señorita que se quedó para vestir santos. Georgina experimentaba algo de vértigo a medida que se vestía y desvestía al gran comediante, y el vértigo le nacía de pensar en la inocencia de tantos que se divertían mirando la mímica, a veces ridícula y otras terrible, de ese mismo gran comediante, que igual se presentaba en la carpa más jodida que en el palacio de bellas artes, porque estaba segura de que en cualquier momento el charlatán saltaría del foro, quitándose su sombrero raído para ponerse un casco, dejando de lado el bastón y sustituyéndolo por una bazuca, mostrando su verdadera cara, su cara monstruosa, y cayéndoles encima a los desarmados espectadores. Georgina opinaba, debido a ese atributo del gran comediante, que resultaba de vital importancia comenzar poniendo en evidencia que "El Estado capitalista es capaz de asumir las más diversas formas", y que a pesar de que en un momento dado no saltara sobre los espectadores, la mímica, la modesta escenografía, el sombrero raído, el viejo bastón, todos eran elementos que entretenían a los inocentes para que no se percataran de que del otro lado de la carpa y de bellas artes proseguía inalterable "la explotación del capital sobre el trabajo", y que además, el charlatán, escudándose en su democracia-viejo bastón, mientras los espectadores escuchaban tercera llamada tercera comenzamos y que se suponía que él estaba en su camerino maquillándose, en realidad estaba aplicando organizada y sistemáticamente "la violencia sobre los hombres". El vértigo proseguía en Georgina, un poco por la impotencia que se le metía y otro poco porque descubrió al autor de las guasas y guasitas que les habían jugado a ella y a Bernardo; supo que provenían del gran comediante y que en el fondo no existía azar ni sucesos repentinos, que todo respondía, paso a paso, a las cabriolas y a las carcajadas y a la mímica que surgían de una carpa o de bellas artes, que recorrían tranquilamente la ciudad y que se instalaban en una botella de vino, en una hielera, en un jardín, en una fábrica, en un libro, en la sensación de que una casa nos parece vacía, inútil, en la palabra *prolegómenos*, encabezando todo tipo de pandillas. En el musgo de un tinaco.

Tanto se había entretenido, tan concentrada estaba

en su trabajo y pensando en las piruetas del gran comediante, que la noche entró al departamento como Chucha por su casa, como un silencioso espía, sin que Georgina se diera cuenta. Cuando Georgina vio que la noche inundaba todo, recordó que se había parado a encender la luz del comedor, pero la ausencia de claridad no se la achacaba a que la noche se hubiera metido en casa, sino simplemente a que de momento le hizo falta luz para seguir trabajando, a que algo extraño estaba pasando porque la claridad disminuía, como si por un descuido de Georgina el día debiera seguir luminoso hasta el otro día. Debido a ese descuido, cuando se paró de la silla y estiró los brazos y bostezó y fue a cerrar la ventana del pasillo que unas horas antes había dejado abierta, se sorprendió de que la noche ya estuviera, plácida, sobre la ciudad y metida como Chucha por su casa en el departamento o como un silencioso espía que la había estado observando mientras ella redactaba su *Nota introductoria* y pensaba en las consecuencias que acarreaba la diversidad de formas que el Estado capitalista puede adoptar. Pensó que Bernardo y la Carla no tardarían. Fue hasta la cocina, del refri sacó un bote de leche, se sirvió un vaso y se lo tomó pronto; del trasterito sacó un pocillo, lo puso sobre la estufa, esta vez sirvió doble ración pensando en que Bernardo también querría leche caliente y que sería padre recibirlo con un café con leche humeante y galletas de dieta ordenadas en una charolita. Se dijo que ya era momento de hablar un poco, porque eso de estar callada durante tanto tiempo como que enmohecía la lengua, sobre todo tomando en cuenta que ella era medio parlanchina y habladora. Mientras la leche se calentaba, se recargó sobre el refri, decidió que su voz saliera, cantó algo que le gustaba a la Carla: Cachito, cachito, cachito mío, pedazo de cielo que Dios me dio.

Escuchaba un disco de Bob Dylan y tomaba su café con leche cuando llegaron Bernardo y la Carla. La Carla venía dormida, de entre las cobijas que la cubrían asomaba una carita embarrada de chocolate o de alguno de los dulces con que Bernardo acostumbraba atiborrarla, aunque sabía que el pediatra recomendaba proporcionarle los menos caramelos posibles; la caries prematura, dificultad para la digestión, cuidar la obesidad, eran entre otros los argumentos. Georgina, en cuanto los vio entrar, además de sonreír, corrió hacia el cuarto de la Carla para prepararle la cuna y ponerle el vaporizador –Carla andaba mal de los bronquios–; Bernardo depositó con cuidado a la Carla sobre el colchoncito, le desabrochó las correas de los zapatos, se los quitó, le bajó las calcetas para que no le dificultaran la circulación. Georgina apagó la luz, salieron del cuarto en silencio. Bernardo exhaló exageradamente como si hubiera traído guardado el aire desde media hora antes. Se dieron un beso.

–Qué grandota está, ¿verdad? –dijo Georgina.

–Sí, ya pesa un chorro –respondió Bernardo.

–¿Cómo les fue?

–Bien. Estaba loca con los elefantes y los hipopótamos.

Después se puso medio chillona; pero de todos modos valió la pena llevarla.

–¿Durmió siesta?

–No. Se me hace que ya no despierta. Nada más que esté bien dormida la cambio.

Caminaron hacia el comedor. Georgina le picó las costillas a Bernardo, Bernardo corrió un poco, alejándose de las manos de ella; luego se reencontraron y se dieron otro beso.

–¿Quieres café con leche?

–Estaría bueno.

–Siéntate, yo te lo traigo.

Georgina fue hasta la cocina, trajo el pocillo; Bernardo ya tenía preparada una taza. Se miraron a los ojos y sonrieron. Bernardo cogió una galleta, le pegó una mordida mientras Georgina le servía la leche. En lo que Bernardo se preparaba su café, Georgina continuó:

–Fíjate que estuve pensando muchas babosadas. Estar sola como que me inquieta. Me hacen falta ustedes.

–¿Qué pensaste?

–Para qué quieres que te diga, son babosadas.

–¿Pudiste trabajar?

–Sí. A ver si después te leo lo que hice. Le puse nota introductoria, no me gustaba mucho eso de prolegómenos. ¿No se te hace medio sangrón?

–No lo había pensado.

–A mí sí. Creo que así comienza el título de uno de los libros del padre Berkeley, ¿no?

–Si quieres déjale así. No creo que haya ningún problema.

–También me acordé de los puros y de la araña

del vino tinto. Como que son jugarretas que algún desgraciado nos juega. ¿En eso tampoco has pensado?

–Pues, tampoco; pero de que son chingaderas, lo son. El libro de Saúl Karsz no me lo quisieron cambiar: otra chingadera.

–¿Y el jarrón, chiquito?

–¿Ésas son las babosadas que estuviste pensando?

–Sí, entre otras cosas. ¿Cómo le alcanza el tiempo a una para pensar tantas cosas en unos cuantos minutos, verdad? A veces pienso que se vive más rápido con la mente que con la vida. O a lo mejor es la locura, quién sabe.

–Pueden ser las dos cosas. Además estás medio loca.

–No seas baboso. Lo que sí me afligió fue encontrar la casa tan tirada. Debemos ser más ordenados.

–Pues sí, pero a veces no se puede.

Poco a poco, en lo que terminaban de merendar, Georgina fue soltando cada una de las ideas que le habían surgido en lo que estuvo sola, esas ideas que ella denominaba babosadas, aunque después de contarlas tanto ella como Bernardo opinaron que en realidad estaban muy lejos de ser babosadas. Bernardo le festejó el juego de las palabras presumidas y las palabras-revolución; le propuso que con ese juego de palabras y la idea del Estado como un Fred Astaire subdesarrollado podría escribir un buen cuento, que intentara escribirlo, que lo de menos era fallar. Después, Bernardo, ya un poco aflojerado y cansado de trajinar con la Carla, se puso a preparar los pañales. Ninguno de los dos se percató de que la mesa y sus alrededores estaban invadidos de diversos

166

objetos. La chamarra de Bernardo sobre una silla; la mochila, una gorrita, un par de biberones y otras cosas de la Carla sobre el sillón, y así se podría ir sacando un inventario llenando hojas y hojas, incluyendo colillas de cigarro, pasadores, libros, muñecas y migas de pan.

Georgina miró que Bernardo se perdía por la puerta de la recámara de Carla. No tardaría mucho en cambiarla, Bernardo ya tenía tanta destreza en los cuidados de la Carla como ella, como esta Georgina que ahora encendía un cigarrillo, el primero de la tarde-noche, y mientras le daba la primera pitada, se dejaba caer sobre el sofá. Recorrió con la mirada la sala-comedor y no le importó el reguero: se sentía cansada y satisfecha. Ahí, sobre ese sofá que daba a la gran ventana de la calle, esperaría a Bernardo; lo invitaría a hacer el amor, luego se quedarían abrazados un buen rato, quizá, durmieran hasta la madrugada y atolondrados por el sueño se irían a la cama, como siempre que hacían el amor en los sillones: sin calzones. Georgina sonrió, seguía fumando, dejaba escapar el humo como si un cigarro se estuviera consumiendo solo en el cenicero; el humo se le enredaba en la cara, subía de la boca grande, carnosa, le daba vuelta por esa nariz recta, afilada, chocaba contra sus pestañas, y su piel blanca se perdía y reaparecía por entre los huecos que dejaba el pequeño remolino de humo que bailaba sobre su rostro. Se enderezó, estiró el brazo hasta el cenicero, tiró la ceniza; cuando se recargó de nuevo, otra sonrisa se dibujó en aquel rostro sobre el que jugara el humo: A veces se piensan tantas locuras, se dijo. ¿Por qué, habiendo tanta vida detrás de una y de las cosas dispersas, había pensado que la casa vacía era una manera de la inutilidad y luego, con un solo detalle, la cortina colgando en el pasillo, por ejemplo, la magia o como se llamara, hacía brotar movimiento dentro de una y en los contornos de las cosas, o que se viera de distinta manera lo que antes parecía desastroso? ¿O sería que esa sensación de desacomodo, de destrucción, de inutilidad, correspondía a otro tiempo, a otro suceso, a otro espacio, nada más que al entrar en casa vino y se presentó de golpe porque de todos modos tenía que joder y porque ya estaba dentro del departamento rondando por ahí, para metérsele y golpearla a una? Y para acabarla de amolar, aunque todo pareciera lógico consecuente, causa-efecto, se entrometió esa idea fantástica de lo que Bernardo llamó Fred Astaire subdesarrollado, ligándose a la secreta y la judicial que, aunque ella no las distinguía, sabía a la perfección cuáles eran sus prácticas, sus procedimientos, y que todo eso junto no era otra cosa que si primero se siente la destrucción después aparece otro símbolo con todo y sus figurantes, el símbolo del comediante, porque el comediante y sus agentes reprimen, destruyen, vuelven inútiles las vidas y las cosas. ¿Entonces, no resultaba más consecuente que primero apareciera la idea del Fred Astaire subdesarrollado y después, solamente después, la sensación de que todo estaba destruido, y que al no darse en ese preciso cauce, algo o alguien estaba trastocando el orden de aparición de los sucesos, de las sensaciones, de las personas? ¿Y dónde colocar a las palabras-revolución y el silencio

de los diarios y a Víctor Jara?; ¿no había que darles
un lugar porque a todas luces tampoco se encontraban
ordenados dentro de esa supuesta dialéctica, sino que
formaban parte del mismo trastocamiento?

¿No sería que antes de entrar a casa, el trastocamiento ya estuviera dado, o en todo caso adquirido por
Georgina en la calle: un trastocamiento que se sintiera
aunque no se viera, no se pensara, pero que estuviera
innegablemente provocado por algo o alguien que de
costumbre, en otros días, otro tiempo, no existía, pero
que ahora perturbaba ese orden-desorden cotidiano
donde una se mueve, camina, come, paga, defeca, sa-
luda y vuelve a caminar hasta entrar por la puerta del
edificio, subir las escaleras, abrir la puerta del departamento 402 y zas, ahí está esa sensación que debiera
presentarse en otro espacio, en otro suceso, en otro
tiempo, quizá media hora antes, tres horas después,
cuatro días, una semana, dos meses? ¿En otra casa,
otro sofá, otra Georgina, otro Bernardo?

Cuando Bernardo le acarició el cabello, Georgina se
asustó un poco.

–No te sentí.

–No quise hacerle ruido a la Carla. Te vas a quemar.

–¡Qué bruta!, no me di cuenta. Es que. . .

–Te ves cansadona. ¿Por qué no te vas a acostar? Yo
quiero leer un rato.

–¿No nos echaríamos un round? Hace rato estaba
pensando que si. . .

Bernardo sonrió, se sentó a un lado de Georgina, le
pasó el brazo por detrás de los hombros; le dio un beso
en el cuello.

–¿No te caería mejor una dormidita?

169

–A lo mejor sí, pero ahorita tengo ganas, ¿no puedo?

–Pues órale.

–Esto nos estorba.

Georgina no esperó más y se despojó de la blusa.

–Y también esto.

Ahora Bernardo le fue quitando la falda. Georgina le ayudó levantando las piernas: luego la misma Georgina se despojó de las pantimedias. Quedó sólo con su brasier y sus pantaletas; se le ruborizó la piel. Se abrazó a Bernardo y Bernardo la recibió con gusto, excitado; inmediatamente la besó detrás de una oreja, la retiró un poco y sobre el brasier comenzó a acariciarle los senos; luego, durante un breve ardoroso lapso, se los frotó. Bernardo llevó sus manos hasta la espalda de Georgina, se encontró con el brochecito, presionó un tirante hacia arriba y el otro hacia abajo: el brasier dejó de aprisionar la piel de ella. Georgina estiró los brazos y Bernardo le extrajo el brasier lentamente, como si estuviera desconectando el detonador de una bomba de mar; ahora ahí estaban, libres, los senos de Georgina. Georgina levantó un poco el pecho para ofrecerle, franca, decidida, sin remordimiento, esos mismos senos que ahora se endurecían de las puntas, de los pezones siempre pequeños, pero terribles, excitantes. Bernardo se sumió entre esos senos, ladeó la cabeza y su boca se encontró y se entretuvo con uno de esos pequeños y terribles pezones; sus brazos, mientras tanto, acariciaban las caderas de Georgina. Después de un rato, en que los senos fueron mordisqueados, en que las caderas y otro

170

poco las nalgas fueron exhaustivamente beneficiadas, en que el pene estaba en firme erección, los cuerpos se encontraban imbricados, encrucijados, con facilidad se podía confundir una pierna con un brazo o no saber dónde comenzaba una pierna y dónde terminaba. Al oído, Georgina le dijo: de una vez. Bernardo respondió desabrochándose el cinturón, bajándose con dificultad al mismo tiempo pantalones y trusa, mientras ella hacía lo mismo con las pantaletas, pero sin contratiempos, rápido. Georgina se quedó completamente desnuda y Bernardo se dejó la camisa, pero ninguno de los dos se enteró de esa desigualdad de ropajes en la desnudez porque Bernardo ya había penetrado al interior de Georgina y Georgina movía con suavidad las caderas. Se cumplía el deseo de Georgina: ahora estaban haciendo el amor. No lo pensaron dos veces y los cuerpos pronto estuvieron dispuestos, las conciencias comenzaron a importar poco; las manos, los senos, el pene erecto, los vellos estrujados, la vagina navegando, eran los demiurgos de la satisfacción. Nada les urgía porque el ritmo seguía un solfeo pausado. Georgina le entrelazó las piernas a Bernardo, como si otros brazos se posaran sobre las nalgas de Bernardo. Cambiémonos, propuso Bernardo. Intentaron girar sin separarse, pero como de hecho los cuerpos perdieron contacto, apresuraron la operación y Georgina se acomodó sobre Bernardo, el cual ya tenía entre sus dedos los pezoncitos de ella. Como si al cambiar de posición la urgencia también metiera sus manos, el ritmo cobró una mayor aceleración, sin llegar a ser ese movimiento agitado que otras veces

171

los llevaba a finalizar gratamente lo que también había comenzado grato, almíbar y boca sobre pezón. Georgina se enderezó otro poco hasta quedar sentada por completo, Bernardo observaba desde abajo la danza de la piel ageorginada, Georgina le sonrió desde arriba, abriéndole por una rendija de ojos el paso a la conciencia, como diciendo está bien, estamos bastante bien, así, metidos el uno dentro del otro, sentada sobre ti, dándonos estos finitos almíbares, sí, estamos bastante bien, prosigamos. Georgina apenas se percató de que su rostro, en la posición en que ella se encontraba, coincidía con otra rendija: la que formaban las cortinas de la gran ventana; entonces, con la rendija de sus ojos miró los carros que pasaban por la calle, se dio cuenta de que había gente en otros asuntos, caminando, saludándose, alejándose, mientras ella y Bernardo hacían lo suyo, lo que decidieron después de sus tareas, de sus idas y venidas. Dejó de mirar a la calle y buscó el rostro de Bernardo, lo miró con esos mismos ojos que antes habían afirmado la justeza de sus cuerpos haciendo el amor a partir del ir y devenir de la calle, sonrió, sus caderas no habían perdido la frecuencia de su movimiento, giró la cabeza para mirar otra vez por la rendija, buscando nuevamente la reafirmación de los sexos gozando y tallándose y ahí, ahora se daba cuenta, en la acera de enfrente, adelantito de la tienda, estaban estacionados dos autos, unos hombres bajaban de ellos, iban hasta las cajuelas de esos mismos autos y sacaban de ellas lo que con una palabra podría denominarse como armas, Georgina sintió un estremecimiento brutal, acribillante, como si ya le es-

172

tuvieran golpeando el vientre con una de esas me-
tralletas, intentó separarse de Bernardo, él la retuvo
quizá pensando que Georgina deseaba otra posición,
ella se dejó estar, de pronto ya no estaba sentada sobre Bernardo, ya no coronaba este día, como que ahora
sí el día terminaría hasta otro día, probablemente ni
pasado mañana ni dentro de dos meses, dejó que Bernardo siguiera con sus movimientos y que las lágrimas,
unas lágrimas que comprendían otra dialéctica escu-
rrieran por ese mismo rostro que antes un pequeño remolino de humo había acariciado y quizá porque todo
estaba tan bien preparado y las piezas encajaban a las
mil maravillas pensó que la sensación que había sentido al entrar a casa correspondía a este momento.

Trashumante II

a. *Trashumante:* amante tras el humo. Amante de mal humor: entehumeasartas.

b. El amante anda de humo en humo. El amante celoso ama y espía tras una espesa pared de humo; utiliza una pipeta para ver a través del muro neblinoso. Hay amantes que usan las pipas a manera de periscopios. Los ojos de los amantes mórbidos fuman pipa. Las noches se llenan de periscopios que humean miradas.

c. *Trashamante:* amante del amante./ *Trasamante:* amante que se pone atrás del amante./ *Trashumante:* amante que se pone atrás del amante y echa humo./ *Tramhante:* amante que trama echar humo tras su amante./ *Trahmante:* la que trama ser amante mientras fuma nerviosa en el sofá, la pierna cruzada y el pie balanceándose, y su marido le reclama quién sabe qué tanta cosa desde el baño; pero en realidad el hombre espía a través del ojo de la cerradura, pipa-periscopio, o agujero de pipeta, y descubre la mirada de trahmante de su mujer./ *Tratrahmante:* el que fue amante, lo sorprendió su esposa y volvió a ser amante, haciendo señales de humo equívocas o en chino, y de cualquier modo lo sorprendió nuevamente.

d. *Trathante:* el que comercia con mujeres de humo.

e. *Trazhante:* el que trazha planes amorosos de humo./ *Trazhar:* diseñar la trazha de un edificio de humo. Discurrir los medios oportunos para conseguir

De *Cuaderno imaginario.*

ninguna cosa./ /*Delinehar:* trazhar una línea recta de humo./ /*Fig.:* Describir los rasgos principales de una persona, animal o cosa que no existe./ /*Fig.:* Describir por medio del lenguaje de los indios piel roja o de otra comunidad india desaparecida./ /*Sinónimo.* Ver Señhalar.

Bodegón

. . .El país que es principalmente sótanos, subsótanos,
altillos y despensas alejados del sol.

Ray Bradbury

A la mamá de Otto le ofrecieron dinero para que expusiera a Otto en el museo. No sabes si aquello fue una guasa o si hubo algo de verdad, pero lo que haya sido.

Aunque te has esforzado por evitar los llamados de esas gentes que, no sabes por qué, has denominado Secta, con ese mayúscula, hay por ahí dos parientes que te atraen por medio de una cuerda que no puedes definir, pero que al menos intuyes. Pero todo lo intuyes o crees que lo intuyes, ningún problema lo has querido aclarar: intuyes que usas calcetines y camiseta y que te gusta tu prima Lú. Pero muy en el fondo comprendes que la intuición es una especie de coraza, de ponerse detrás del muro para llorar. Rebuscas momentos de seguridad y extraes tu locura por las películas de Hitchcock, tus lejanos deseos de salir del país, inclusive tus lances de político estudiantil; pero nada de las nadas, surge la coraza, reculas, atrasas, tapas el sol de tu cerebro con el dedo meñique y te pones dentro de la vitrina mostrando tu ojo, aunque estés en la calle o en la cama. Intentas reponerte: en la actualidad cantan otras notas musicales tus zenzontles disecados.

De *Miedo ambiente y otros miedos.*

Y dices notas musicales para ganar ambigüedad, para que las ideas queden un poco fuera de las palabras. Miras en tu cabeza una cola a la entrada de un museo, cada persona carga una bolsa de recuerdos, de vida detenida, de pensamientos y sueños, de hechos que se imaginan en la vigilia. La primera Lú espera en el cuarto o quinto lugar con su cargamento: una bolsa de polietileno llena de ardillas y trilobites. Las ardillas son de color blanco y sepia. Observas clarito los ojos de vidrio de las ardillas blancas azules y rojos. Tu prima también tiene los ojos azules, pero los ojos son otros, parecidos a los de la comadreja. Y como la mayoría de los acontecimientos son absurdos o así te lo parece o porque en la actualidad todo se combina y se trueca el Museo tiene una sala de cine: la *Sala Chopo* que sólo proyecta películas mudas, señoras y señores.

Aparte de este insólito hecho, la *Sala Chopo* presenta la peculiaridad de que nada más tiene una butaca, y a la entrada, en lugar del depósito de boletos común y corriente, hay un acuario con peces de verdad. Intuyes que la gente que espera, incluyendo a tu prima, viene a ver la función.

NO HAY PERMANENCIA VOLUNTARIA

La voluntad está de tu parte, y con toda razón exclamas: por lo menos que dentro de mi cabeza se haga mi voluntad. Reculas. Te asalta la vacilación. La vitrina. ¿Hasta qué punto lo de afuera no está adentro? ¿Quién puede afirmar tan categóricamente que tu

178

museo interior no es, quién sabe de qué desgraciada manera, la intromisión del museo-ciudad, del museo calles, del museo-casa, y que todo lo que se mueve puede, en el fondo, estar suspendido, solamente esperando el zarpazo de la muerte? Tú mismo te has mofado de la dialéctica y has dicho que si de casualidad existe una dialéctica, es la dialéctica de lo torcido. Pero con sobrada razón pides voluntad en tu cabeza, aunque sea voluntad para intuir, para adorar a Hitchcock, para rozar un blanco brazo de la prima Lú, a pesar de lo raro del museo interno.

> Por consiguiente parece que las células se intercambian numerosos mensajes, que tienen, entre otras, la función de mantener cada célula "en su lugar" y regular su movimiento durante la "morfología".

Sería una estupidez repetir la función igual que en un cine comercial; las gentes deben irse a sus casas para meditar el espectáculo. Otra noche pueden regresar y les proyectas lo mismo, lo mismo, lo mismo. Para entonces los detalles más insignificantes cobrarán vida, al dinosaurio le faltarán los huesos que le faltan, la humedad será una humedad real, sin musgo de sobra. Para Lú tienes una escena, la escena preferida de Lú: aparece Max Linder vestido de overol blanco y con esa terrible gracia de Max, como si todo fuera mirarse en el espejo, se desabotona el overol y desde su aparente corpulencia comienzan a surgir muchas ratas blancas (tienes obsesión por lo blanco); mientras tanto Lú, sentada en la única butaca, desamarra la bolsa, y los trilobites, a duras penas, se arrastran sobre su falda, las ardillas saltan y corren hacia la pantalla para reunirse con los animales de Max Linder; y cuando las ardillas pululan por la manta, casi desesperadas, la película se quema, aparece el clásico caramelo retorciéndose, el rostro de Max se contorsiona y las ratas y las ardillas se consumen en el mismo cuadro de la cinta. Por su parte, los trilobites –aquellos que lograron llegar– truenan y saltan como frijoles mágicos. Lú, segundos después de la catarsis, contempla el panorama de la *Sala*, se pone de pie, patea dos trilobites-sanguijuelas y comprende el vacío y el frío. El túnel de luz sigue clavado en el velamen. Lú dobla su bolsa, sabe que ya no hay nada qué hacer, que no es necesario encender luces ni abrir puertas ni poner anuncios para la dulcería. Lú conoce el laberinto de vitrinas. Lú abre un estante y entra a lo que ella denomina casa. Lú tira la bolsa sobre la mesita de centro. Escucha el ruido metálico de la puerta:

–Qué milagro, Otto. Qué cara de bobo te cargas. Pásale.

–Pues nada, dando una vueltecita.

–Pásale.

–La cara de bobo la traigo siempre, acuérdate.

Por lo que respecta a tu cara tanto ella como tú sobreentienden que existe una falsedad, una hipocresía compartida; eso de la "vueltecita" es otra gran mentira: te morías de ganas por llegar y circular por el tejema-

neje de pasillos y olores. Estás aquí por ese malenten-
dido gusto de acercarte al cuarto de la abuela Zubera,
para intuir algún misterio más allá de la puerta.

Y también, ¿no querías encajonarte en el estudio
del tío Wilhelm y escuchar algo de ópera, comentada
por el mismo Wilhelm, y mirarle los ojos a Lú o simplemente quedarte sentado, recargado, acomodado en
cualquier zona de esa casa y de ninguna otra? Debiste
decirle a tu prima que no era una vueltecita común y
corriente, que llegaste por medio de una "ida directa y
premeditada"; que llevas el propósito de platicarle lo
de la intuición y lo de las ratas de Max Linder.

Aunque Lú te ha invitado a pasar, sigues parado
entre las rejas mirando las grandes bolas de granito,
escrutando los ventanales y como queriendo descubrir
un secreto en los ojos de Lú:

—Creo que exageré.

—¿Qué dices?

—Nada.

—Entra que me muero de frío.

Entran en la sala. Percibes el primer olor: amoníaco,
y de inmediato piensas: amonite, neumoderno y... le
paras, porque tu asociación espontánea te llevaría
hasta macrópodo, cheltopusic. Observas con amargura que la bolsa de las ardillas no está; quizás la escondió antes de abrir. No lo puedes comprobar. Pero
no la escondió, la bolsa no pudo salirse de tu museo,
en fin.

—¿Ya lo conocías?, es mi novio.

—Mucho gusto.

—Mucho gusto.

(¿Otra falsedad?) Ahora sí has puesto la mejor cara de bobo que pudiste encontrar. Cómo no darse cuenta de que ahí se encuentra un tipo y que seguramente del estudio de Wilhelm viene la música de clavicémbalo. Lú te dice que vayas, que su papá está desocupado. Después del mucho gusto, aplicas otra fórmula: con permiso.

—Estás en tu casa —contesta él.

Comienza el tejemaneje y te gusta porque estás habituado a las sensaciones de protección que te ofrece el reducido espacio de los pasillos y corredores. Percibes muy claro que la lluvia se hace presente allá afuera, en la ciudad-museo; es como un sonar de millones de tamborcitos que te viene desde el juego de triángulos de la techumbre. Y detallas aún más: son tamborcitos de fierro que se entremezclan con la música del clavicémbalo para ofrecer una sonata de escándalo. Y sin saber por qué, te sientes contrariado, pero también a gusto con la defectuosa acústica de la edificación, con ese sucesivo entrechoque de los ecos del teclado del clavicémbalo y de los tamborileos, como si fuera una fuga desacorde. Tal parece que la música de Scarlatti se apresura por escapar, por largarse aunque sólo sea hacia la noche marroquí; pero en su desesperado afán por escurrirse del ambiente, y al presentir una inexplicable taxidermia de corcheas y semicorcheas, parece un murciélago desequilibrado chocando y rebotando y produciendo un silencioso escándalo de membranas doloridas. Y a esto habría que sumarle el choque de tus zapatos contra el mosaico, el concierto de la lluvia, el rechinar de un

182

tranvía y los ecos de las voces de Lú y del hombre que ella, sin ningún trámite, llamó novio. Del ambiente te llega otro aroma: naftalina; te detienes al darte cuenta de que has pensado *aroma y no olor*; miras tus zapatos en la penumbra, mientras una leve sonrisa se perfila en tu cara.

Intuyes que no está bien eso de aroma, y sin ninguna mediación te preguntas que si no hubiera sido mejor que las ratas de Max Linder fueran grises, porque aroma y color gris hacen una pareja sospechosamente agradable. La leve sonrisa se transforma en franca carcajada, pero de inmediato te cubres la cara al percibir que la sonata de tambores, aromas, vitrales y clavicémbalo se descompone aún más con el ruido de tu garganta.

Regresa la fuga, pero ahora representa una verdadera fuga, interpretada por manos torpes, que dan la impresión de que llevan mucho tiempo intentando un ordenamiento consciente de los dedos, pero que sin querer, a pesar de la rabia y de la baba, el índice se adelanta, el anular se niega y luego hay un movimiento brusco, incontenible, de todos los dedos para producir esa multiplicidad de sonidos que muy en el fondo podría afirmarse que es una fuga y que, en realidad, no es otra cosa que un Scarlatti angustiado, un murciélago que agoniza en su propia oscuridad, en la oscuridad de esa construcción que emerge silenciosa en el museo-calle; y no sabes y el murciélago tampoco sabe, que si de casualidad se llega a realizar el escape, aún habría la incuestionable posibilidad de enredarse y chocar en un golpe de gracia contra alguna de las torres, que hace bastantes años te aventuraste a denominar chapiteles.

Al percatarte de la cómoda que tienes en tus narices no puedes contener un lipedóptero, macaón, mariposa, cheltopusic, saurio, lagarto, zarigüeya, didelfo, cola prensil, zorra; pero esta vez no detienes ese caminar, porque de alguna manera hay una concordancia con murciélago, tambores de lámina, gris, naftalina, Zubera, ojos azules, bola de granito, *Sala Chopo*, Lú, intuición y Wilhelm. De momento te surge el deseo de ir al cuarto de la abuela Zubera porque imaginas que la naftalina se encuentra ahí dentro y que a partir de ese cuarto estarías en posibilidad de arribar a un ordenamiento de imágenes y sensaciones; pero el tío Wilhelm, sí, Wilhelm. Ya estás a unos pasos de Wilhelm y decides que mejor Wilhelm, nada más que Wilhelm.

> *Sin embargo, cuando un grupo de células, que L. Wopert ha llamado "células terroristas", retarda la transmisión del mensaje o, en su defecto, el mensaje no es realizado...*

—Cómo estás, Otto.

—Bien, tío, y ustedes.

—Pues yo, escuchando a Scarlatti.

Mientras Wilhelm recoge unas monedas de la mesa y te indica una silla, piensas: Siempre que vengo a esta casa me siento en entredicho, como si estuviera forzado a dar una explicación detallada de cada palabra, de cada pensamiento, de mis calcetines, de mi camiseta. ¿Por qué fumo Delicados sin filtro? ¿Por qué me gustan las palabras trilobites, zenzontle, bicicleta, neu-moderno, cheltopusic, dinornítidas? ¿A qué se debe que teniéndole pavor a la claustrofobia, me agrade estar encajonado, encerrado, pero no lejos de la gente; a qué se debe? ¿Por qué tuve que enamorarme de algunas palabras y, por medio de ellas, entrar al gusto infernal por los crucigramas y los acertijos y por todo lo que implique suspenso o tejemaneje? ¿Por qué desde siempre estuve enamorado del blanco brazo de Lú?

Cuando venías por Insurgentes pensaste que después de varios meses sin pararte por allá, era necesario construir una historia portentosa. No te creerían la disculpa de que en cada visita quedabas exhausto y liviano, y que por ese motivo estabas forzado a dejar que pasaran los meses para que se acumularan sucesos, miradas, fobias, dificultades, gozos, obsesiones y llanto detrás del muro; para así poder llegar hasta Orozco y Berra, caminar hasta el fondo de la calle, acercarte a lo que ellos denominan casa, golpear con una pluma los barrotes como si fuera marimba y por último golpear la puerta con la aldaba. Entrar hasta Scarlatti y los armarios y hasta las monedas antiguas que Wilhelm no sabe o no quiere saber con qué limpiar. Cómo externarles que al entrar en la casa presientes intensísimamente que está pasando algo fuera de lo común, o que en realidad intuyes que en alguna esporádica visita sucederá cualquier cosa menos el monótono rodar de las bicicletas y ese duro dormir de los fósiles. Para qué decir que tu tío acaba de entrar en la *Sala Chopo* con su respectiva bolsa, llena de gusanos con pies de dedos. Es una bolsa de lona que Wilhelm

tiene que sostener con ambos brazos. Los gusanos
son un poco más grandes que los normales, miden
alrededor de treinta centímetros, gordos y los pies
son dedos de mujer joven. No dejan de agitarse como
si les perforaran el estómago a miles de mariposas.
El rostro de Wilhelm muestra temor y repugnancia;
podría afirmarse que no se identifica con sus gusanos.
En una ocasión, más o menos por el pasillo de la cabra
de dos cabezas, el tío Wilhelm soltó la bolsa y los
gusanos saltaron en varias direcciones, revolcándose
entre el polvo y estrellando otros cristales de los
aparadores. La cola se agitó, algunos escolares salieron
despavoridos; tus ideas pisotearon dedos y cuerpos
rechonchos; había que detener el desequilibrio. Esa
tarde suspendiste las proyecciones.

HOY NO HABRÁ FUNCIÓN

Hasta que los personajes del museo-otto retomen sus
lugares precisos y la cola vuelva a la normalidad. Desde
aquella vez, tu vecina Gilda desapareció, tal parece
que sus gorriones sin patas salieron volando por los
huecos de los ventanales y del vitral del frente, y nadie
pudo hacer nada por ella, sobre todo porque la gente se
encontraba demasiado entretenida cuidándose de los
gusanos de Wilhelm. Cosa graciosa, la gente huyendo
de los gusanos y tus ideas pisoteándolos; pero, entre
otras cosas, no pudiste evitar ese desorden, la culpa
fue del tío Wilhelm, el responsable de la crisis sólo

186

podía ser él, Wilhelm, nada menos que Wilhelm. Han pasado los meses y ya controla mejor la bolsa, a pesar de los chipotes que surgen, zig-zag, por toda la lona. En la función de Wilhelm rompes un poco con las reglas del Museo (¡bueno!, después de todo), en esa función sí hay sonido, pero desacorde con las secuencias proyectadas. Sale una toma de *El acorazado Potemkin*, el mar al principio es manso, pero a medida que el acorazado avanza de izquierda a derecha en la pantalla, para perderse en la oscuridad de la sala, las aguas se agitan, viene la marejada, el rectángulo blanco tiende a desbordarse, es imposible que la tela resista y el líquido brota buscando espacio, entonces Wilhelm no se preocupa ni siquiera por abrir la bolsa, el agua rasga la lona y arrastra a los gusanos hasta la playa de la Salida de Emergencia. Como si fuera un muñeco de plomo, Wilhelm se queda atornillado en la butaca, porque has decidido que para él las aguas tengan la consistencia del viento ligero que despeina a los mirlos. Una canción de Pink Floyd acompaña la función. Wilhelm se para, echa el asiento hacia atrás, se sacude el pantalón como si estuviera quitándose los restos de unos pistaches. Se peina las canas, se retira el sonido y también tu tío, que te dice:

–En qué piensas.

–En nada. Miraba cómo limpias las monedas.

–Ésta es de 1847. Las pienso mandar a que se les dé un baño de oro. De oro bueno. He estado pensando en tu madre.

–Las de la cajita son centavitos, ¿verdad?

–No, son alemanas, eran de mi mamá, las encontré entre sus cosas. También había un dólar de plata. No te lo enseño porque lo tengo –señala el ropero– guardado. ¿Cómo la has pasado?

–Bien.

–Fuimos a dejarle unas flores a tu madre y tú no habías ido, los floreros estaban vacíos.

–Fui muy tarde y ya no me dejaron entrar.

–Creo que debes respetar su memoria. Nosotros la quisimos mucho y parece que ella nos correspondía de igual manera, estoy seguro.

–Es que...

–Todo el tiempo que estuvo con nosotros nunca hubo motivos para una mínima fricción. Tuvo mucha paciencia con tu abuela Zubera... Ella sí era mexicana.

Mientras Wilhelm observa una moneda como a través de un telescopio, Scarlatti abandona el estudio; llegan apenas los ecos de las voces de Lú y su novio. Se te ocurre pensar que los ecos vuelan con dificultad, abriéndose paso entre los aromas y la música de los tambores pluviales, que quizás vinieron pegados al mosaico, buscando los recovecos oportunos.

–¿No tienes algún disco de Chaliapin?

–Cómo no. Tengo una joyita grabada en Rusia. ¿Te gustan los bajos?

Wilhelm saca del disquero una pasta de color rojo, y por el tamaño le preguntas que si es de 78.

–Es de 33, nada más que más chico. Lo tengo rayado en el aria de Mefistófeles; se me hace que Lú me lo echó a perder. Es una desgracia este tocadiscos. Después te pongo un bajo que te va a gustar, nada más que no es profundo.

188

Ya se avecina la palabrería que te llegará desde tu tío. Nunca le falta qué platicar. Al rato te dará una cátedra de música clásica. Las voces irán apareciendo para poblar el estudio, escucharás distintos tonos, gorjeos, respiraciones bien aprovechadas. Si les alcanza el tiempo, Wilhelm sacará el cuaderno para leerte los poemas de siempre; porque tú sí lo escuchas, a ti sí te gusta la ópera; los cuadros que pinta los observarás como si estuvieras frente a un Magritte. Por tu parte, aunque sean dudosas las afirmaciones de Wilhelm, sólo te quedarás sentado sin articular una palabra o cuando mucho dejando salir tus acostumbrados monosílabos; pero, además, a eso fuiste, a callarte unas horas y a introducirte en sus sueños y en sus vidas. Con Wilhelm experimentas lo contrario que con Lú, prefieres escucharlo, que te cuente lo que le venga en gana; a Lú quisieras platicarle cada milímetro de tus experiencias. No intentaste, en varias de tus "visitas familiares", trasmitirle a Lú el impacto monstruoso que te causó *Los pájaros* de Hitchcock, y que después de la película, mirabas la vida con unos ojos-mirlo, que practicaste, inclusive, una vida-mirlo, que buscaste en las calles del Distrito Federal otras vidas-mirlo para agregarlas a tu Museo de objetos multisimbólicos. Y que la mayoría de las películas de Hitchcock arribaron a tu cuerpo como un trasatlántico en la Avenida Juárez, para que tus horarios, tus coleópteros y saurios, tus espiadas a la vecina, tu frustrada carrera, el blanco brazo y los ojos azules de Lú, para que todo eso se pusiera a tambalear ante la acometida de ese trasatlántico, que tú mismo aceptaste como si fuera un simple y llano dinosaurio.

Claro que te mueres de ganas de contarle a Lú que no sabes nada: de ópera, que apenas has oído hablar de Chaliapin y que hasta este momento te acabas de enterar de que es un bajo profundo; aceptarás que te "agrada" la ópera, pero que no encuentras el agujero por donde comprender la belleza de esas voces que de chico llegaste a odiar y que es probable que sigas odiando, sobre todo si traes a colación los aromas y tu pómulo y tu ojo y los grises y los pelos en la frente; admitirás que el aria de Mefistófeles, a pesar de ese trak constante, te transmite algo que tú intuyes como frescura, como un brazo levantando un tractor; pero nada, señoras y señores, nada reculas, te encuclillas, te acochinillas y te largas hasta la *Sala Chopo* y Max Linder y el acuario con peces de verdad, hasta la ciudad-museo que abandonaste a tus espaldas. Te reencuentra el consuelo-mirlo de que un suceso inexplicable está por fraguarse en el interior de un cuarto, allá, al fondo del laberinto de biombos y pasillos. Te da por imaginar un acertijo en el que los cuadros de animales con patas de dedos que pinta Wilhelm te señalan un camino de comprensión; pero luego abandonas el acertijo porque la señal es más obvia.

> ...*"la posición" de las células afectadas quedaría fuera del control normal de los procesos metabólicos.*

Te sumerges en el recuerdo del sueño que te contó Wilhelm, del sueño que llevó a Wilhelm a pintar lo que ahora pinta: una ciudad se distorsionaba a su alrededor y unos túneles color carmesí terminaban su profundidad exactamente en sus ojos y de muy lejos hasta allá se acercaban unos animales rarísimos cocodrilos con cabeza de mandril mariposas con tórax de león y pies de dedos de hombre maduro múltiples combinaciones pero que lo que más me aterraba del sueño eran los dedos lo humano que se colaba en aquel zoológico fantástico sí los dedos diferentes como los tuyos y los míos y cuando los túneles se habían disipado y la panza de un cocodrilo-mandril me asfixiaba desperté y entonces me dije que tenía que dejar de pintar paisajes y mujeres arias para descubrir el significado de los sueños aunque odie el surrealismo y así poco a poco me he ido metiendo en la pintura de esa corriente.

–¿Y no has vuelto a tener el sueño de los dedos?

–No. Escucha qué voz.

Chismes, dictaminó Wilhelm, calumnia solapada; cuando se sueña con ratas eso quiere decir chismes, cizaña a tus espaldas, cuídate, terminó por decirle a Lú. Hasta qué punto estabas de acuerdo con el significado que Wilhelm le atribuía al sueño de Lú. Opinabas que para tu *Sala* era muy precaria la tal significación, que resultaba muy elemental pensar en simples chismes o en calumnias. Pero qué cara pondrían si les confesaras que tú te soñabas encerrado en el cuartito de la abuela y que, a pesar del esfuerzo desesperado de tus pulmones, la respiración se te apagaba por tanta rata y tanto gusano sofocándote, obstruyendo la salida, y que estabas a punto de gritar pero que las cuerdas vocales se atascaban en el lodo del silencio. De seguro no pondrían ninguna cara de sorpresa ni nada parecido, lo tomarían con tranquilidad y una explicación superficial serviría para darte a entender que no exageraras la nota. Pero, entre bizcocho y bizcocho, descubrirías una mirada cómplice de padre a hija, en ese orden de padre a hija, para que de inmediato dedujeras que ellos habían descubierto el porqué de ese zoológico persiguiéndote. Entonces –pensarías–, el viejo cuadro del halcón sin patas, que aún no estaba terminado según Wilhelm, se relacionaba claramente con los gorriones de Gilda. Y qué casualidad que aunque sólo los visitabas de vez en cuando, y en el fondo nada más te unía a ellos algo inclasificable, sí, qué casualidad que pensaras tanto en ellos y que casi por inercia llegaras hasta la aldaba y que al entrar la casa fuera, desde luego, un tanto oscura, pero por lo demás completamente normal, hasta un novio y música clásica y bizcochos y café con leche y moneditas antiguas. Claro que no pondrían ninguna cara, más que la de siempre; a quién se le puede ocurrir que precisamente ellos iban a poner una cara de sorpresa. Y que mirando las cosas con ojos-mirlo, te iban a venir a engañar a ti, nada menos que a ti.

—¿Sigues tomando tus clases de inglés?

—No.

—Ya decía yo que se necesitaba constancia.

—Pues sí.

—Cangrejo, es lo que eres, un duro cangrejo.

Y por qué la ironía de Wilhelm con ese lugar

común, por qué siempre se refiere a tus actividades con lugares comunes. Cuando le comentaste tu decisión (o ¿indecisión?) de abandonar la carrera te dijo que algo tenías que hacer en la vida, y así podrías ir formando un ejército de lugares comunes. Pensabas que los decía para que tú te fueras al otro lado del lugar común, para que sintieras que cada frase que ellos transmitían (porque no sólo era Wilhelm) implicaba lo radical contrario. En ese simple *entra que me muero de frío* de Lú se encerraba un cosmos de comprensión, implicaba que lo que no habías descifrado durante toda tu vida, ella lo había resuelto con tus ojos azules de un chispazo; sabías que el blanco brazo de Lú concentraba la capacidad de una mañana nublada para derrotar el ánimo de cualquier clase de vida, de cualquier sueño, de cualquier chimenea humeando allá a las cinco de la madrugada.

–No te preocupes. Siempre se va a esta hora.

–¿Sí? –preguntas, con voz casi quebrada.

Te asomas por la ventana para cerciorarte de que en realidad se va la luz en toda la colonia. La respiración se te normaliza al darte cuenta de que sí, de que la calle está a oscuras. En el trasfondo de la retina aún te queda una especie de luz fosforescente, es el recuerdo de la claridad de la lámpara; y al mismo tiempo, también como un recuerdo, ronda tu cabeza la voz deformada y pastosa de Chaliapin que se callaba lo mismo que la lámpara.

–¿Tardará mucho en venir?

–A veces sí, a veces no. Pero es una desgracia que se haya ido en este momento.

El cuerpo de Wilhelm se mueve, supones que camina hasta el tocadiscos, que levanta la aguja. Escuchas su respiración y luego sus pies que se arrastran hasta donde estás, miras un bulto que se agacha y del buró saca una vela que prende luego luego. Ansías que venga la luz lo más pronto posible, la vela no representa ninguna seguridad. Las cosas no pueden quedar dependiendo de un pabilo.

—¿No tienes otra vela?

—No, este pedazo es el único.

Dejas por un momento la idea de otra vela y resuenan las palabras: "Pero es una desgracia que se haya ido en este momento". Lo dijo muy seguro, como si hubiera preparado la frase mucho antes de que llegaras de visita. Te preguntas si en realidad se va la luz a esa hora o si no es una casualidad premeditada; no pensaste, en cuanto la oscuridad se apoderó del estudio, que era muy probable que Lú hubiera bajado el *switch* para jugarte una guasa de mal gusto, y que en ese momento tu tío y el mentado novio y ella misma procederían a realizar lo que detalladamente habían planeado. Y por qué Wilhelm no respondió: "No, no tarda ni diez minutos"; sino que contestó con ese ambiguo "a veces sí, a veces no". Ahora te inunda un escalofrío porque intuyes que todo ese atado de imágenes y sensaciones se te revelará muy pronto como la luz fosforescente en el traspatio de tus ojos. Entonces comprendes que Wilhelm no necesitaba responder con esos lugares comunes para suponer que los lanzaría; que no era indispensable decir "Siempre se va a esta hora" para que tú supieras que no, no se iba a esa hora, que en esa colonia nunca se iba la luz, que Wilhelm recordó millonésimas de segundo antes de que se apagara la lámpara que eso tenía que responder. Para que tú te sumergieras en la eteridad, en Hitchcock, en aquello que te traía loco del cuarto de la abuela Zubera.

—Por qué no vas con Lú, a pedirle otra vela —propone Wilhelm.

—¿Y el novio? —con la voz quebrada de nuevo.

—Qué tiene el novio. ¡Ah, vaya! No, ya se fue hace horas.

—Bueno.

> *Es entonces cuando la morfogénesis se trueca en una patomorfogénesis...*

Te sabes de memoria el crucigrama de pasillos y hasta sin querer llegas a decir en voz baja: mamut, saurio, cheltopusic, duro fósil. Y sin que te lo llegues a explicar, ese resolver el crucigrama te desencadena un ruido escandaloso en la cabeza, en el museo-otto, y lo único que atinas a comprender es una palabra: murciélago. Sí, ahora Scarlatti vuela desesperado en el museo-otto y todo está oscuro, en los dos museos, en los tres museos, en los diez museos; el sonido de la lluvia parece aguacero y los ruidos en tu cabeza aumentan, se escucha un quebradero de vidrios, quizá algún grito en el fondo del ruidajal; pero caminas, tus piernas no se detienen y mueves los brazos como si el océano de Wilhelm estuviera rodeándote y ahogándote; corres un poco y te percatas de que al avanzar disminuye el desorden; corres otro tanto y el murciélago vuela mejor, vuela sin tanto tropiezo, como que recupera la vida, su aguda sensibilidad; y como si te entrara un fogonazo de claridad comprendes que te diriges hacia el cuarto de la abuela Zubera y que a medida que te acercas a él se produce un franco ordenamiento en el museo-otto. No puedes adivinar en qué lugar se encuentra Lú, piensas estúpidamente que por la respiración la podrías descubrir; es probable que esté en la cocina o en la sala o detrás de un anaquel o en el baño: no percibes su respiración. Encrucijada: el cuarto o Lú. Que por lo menos se haga tu voluntad en el museo-otto. Pero la encrucijada es una falsa encrucijada, el acertijo es un pueril acertijo, el suspenso es una masturbación mental; ahora entiendes profundamente que lo que te gusta de Hitchcock no es tanto la historia-*suspense* en su conjunto, con todo y solución y ojo y pelos y descubrir al asesino; te gusta todo menos que se resuelva el ¿quién fue? Y, además, la encrucijada es una falsa encrucijada porque a nadie puedes engañar, ni a ti mismo como es tu costumbre, de que te diriges sin remedio hacia el cuartito de la abuela Zubera, y de que no hay Lú ni Wilhelm ni Mamut ni Max Linder, y que si de casualidad hay todo eso, es en función del cuartito, sólo en función de él, y que si existe una encrucijada es entre largarte para regresar dentro de ocho meses o entrar al cuarto; ésa es la encrucijada de todas las veces, en las que siempre ha vencido la negativa a descubrir el ¿quién fue?

El murciélago vuela ahora como llevado por un vals bien ejecutado; el clavicémbalo por primera vez se percibe con toda claridad, nota por nota, compás por compás; el ruido escandaloso en tu cabeza le cede el lugar a un imaginado Scarlatti que se transporta con destreza y agilidad; y este conjunto de hechos te señala que ya no hay que caminar más. Tomas la manija y retiras la mano, la tomas de nuevo y aún no te decides a dar el insignificante giro; es la oportunidad que tanto anhelaste y no la puedes desperdiciar ahora que la música es como un reflector dentro del Museo; das con la clave y entras ahora o renuncias a tu vida-mirlo. Tienes las piernas relajadas, demasiado tranquilas a pesar de la situación. Por fin te decides, giras media vuelta la manija, escuchas un tenue rechinido y piensas: la abro poco a poco o de sopetón, te decides por el sopetón, pero antes opinas que todo es ridículo, que hasta decir sopetón es una imbecilidad; abandonas esas ideas y volteas hacia atrás como deseando que Lú venga del pasillo y te diga: "ten la vela que quiere papá", pero sabes que andas buscando una disculpa para no entrar, para regresar al estudio y hacerte el que nada sabe, que no encontraste velas y que al fin y al cabo ya te ibas, pero el melódico volar del murciélago te retiene, hace que te aferres a la manija como si fuera una pistola y tuvieras que matar a alguien y que si no lo matas él te mataría a ti; no lo piensas más y abres, empujas la puerta y pegas el grito más terrible, doloroso, que hayas pegado nunca al descubrir que Lú viene de frente sosteniendo una vela que le alumbra el rostro y dice:"Qué te pasa, Otto", y

197

casi a punto del desmayo escuchas que Wilhelm viene hacia ustedes. Te recargas en la puerta. No puedes articular palabra; la luz de la vela te muestra el cuarto y lo vas recorriendo con la mirada: escobas, sillas rotas, cajas destartaladas, varios pájaros disecados sin alas o sin patas o con el aserrín de fuera, frascos; intentas entrar para mirar al fondo pero Lú te propone que salgan. Llega Wilhelm, en tanto que tú has hecho a un lado a Lú y ya en el interior del cuarto observas varias vitrinas amontonadas entre las que destaca una que tiene una tarjetita amarillenta que dice:

> ### OTTO
> *. . . desde luego que el embrión prosigue su desarrollo, pero el resultado, en la mayoría de los casos, es nefasto.*

Las sombras

para Esperanza y Carlos

El árbol quieto donde el claro otoño
está encerrado en la profundidad del patio

Li Yü (trad. de Luis Roberto Vera)

El hombre está sentado en una mecedora a la puerta
de su casa. Una luz oblicua pega contra las casas que se
encuentran frente a la del hombre. Durante una tarde
como ésta, hace exactamente tres años, murió una mujer, la mujer del hombre de la mecedora quien, sorprendido por su tranquilidad, se mece lentamente y recuerda, entre deshilachadas imágenes, los avatares del
funeral de su esposa. Observa las ramas de unos limoneros que emergen sobre una de las casas, sobre la casa
color sepia; ahí, en la enramada, la luz otoñal produce
una saltarina danza de pequeñas sombras y luces. Las
hojas aparecen y desaparecen peinadas por un calmo
viento de otoño. Aunque el hombre no lo percibe,
o cree apenas percibirlo, alguna hoja desciende para
unirse con la hojarasca del jardín que la casa oculta,
allá, detrás del color sepia, el jardín rodeado por los pasillos que forman un cuadrángulo de macetones y botes
con penachos de julietas, millonarias, malvones, nar-
dos, perejil, manzanilla o yerbabuena. El hombre sigue
meciéndose, tranquilo; su sombra cobra la movilidad

De *Textos extraños*.

199

de las líneas curvas de la mecedora. El hombre fuma y el humo del cigarro dibuja un lenguaje nuevo en el aire de la calle solitaria y silenciosa; tal vez los cintillos de humo han escrito las ideas que el hombre comienza a configurar. Mira el jugueteo del humo y supone una especie de caligrafía china que dialoga con el viento y que se desvanece dejando un mensaje donde predomina lo perecedero. Y todo transcurre como si un dedo femenino escribiera con letras grises: esta tarde no volverá a repetirse porque para otra ocasión los limoneros habrán crecido un milímetro más y la señora de la casa color sepia habrá cortado la manzanilla, o las julietas; o quizá las nubes que el hombre no mira, jamás volverán a provocar aquella luz oblicua que imprime una sutil felicidad a las hojas que se mecen en el cielo. Además, el dedo femenino intuye que todos esos elementos, que se han conjugado a tres años de su muerte, serán como los recados que se dejan sobre la mesa para avisar que luego regresamos, si el hombre que lee el humo del cigarro no descifra lo que sucede en ese trozo de tarde. Pero no hay motivo de preocupación, debido a que el hombre de la mecedora se sabe ya en el centro de lo irrepetible, y a pesar de que su meditación comience a partir de su sombra, el significado apuntará hacia la idea que el dedo femenino dibuja y borra. El hombre percibe la mezcla de aromas que surgen del jardín de la casa color sepia, lo que le hace imaginar el nacimiento de los limoneros. Luego, sube por el follaje hasta confundirse en la danza de la enramada, observado por la ínfima fauna que habita el árbol. Siente el roce del viento de otoño y se deja embriagar por él. Con algo parecido al vértigo depositado en el pecho, ahora el hombre mira las distintas formas que toma su sombra en el piso, como si contemplara a través de una ventana el paisaje de su calle de pueblo, del cual él también forma parte.

"Nuestra sombra reproduce nuestro cuerpo –piensa, sin saber cuál será la siguiente frase–; pero lo descompone, lo vuelve sutil, lo esconde, lo niega en su oscuridad..."

Antes de proseguir, porque se siente sofocado, aspira profundamente los aromas que llegan desde los ocultos macetones y botes con penachos.

"La sombra habla por nuestro cuerpo, sabemos de él por ella, es la negra alondra mensajera de nuestra existencia –el hombre está emocionado; presiente que un tiempo y un espacio antiguos entraron en su ser–. La sombra, como tal, sugiere, alude, platica a media luz, es la hipótesis de nuestra vida; no, ella no es la realidad aunque cobre los mismos movimientos de las líneas curvas de la mecedora, o se quiebre en los escalones que subimos, o nos acompañe deshaciéndose y haciéndose contra las ventanas, a lo largo de la calle..."

Ahora, el hombre de la mecedora no está sofocado. La emoción pasó hacia sus pensamientos; ha vuelto a la tranquilidad. Se mece como si viajara en una barca, bogando sin urgencia sobre aguas ligeramente amarillas.

"La verdadera sombra nunca existió –continúa–, ya que nunca puso ser idéntica al hombre del cual es brumosa noticia; de ahí que tenga una vida indepen-

201

diente, sujeta a leyes que no le atañen al cuerpo del que pende, aunque viaje con nosotros como un amigo misterioso que ha perdido el habla. Por eso, amada mía, sé muy bien que aquella sombra sin mujer que se estampa en la casa color sepia nunca fue tu sombra; sí entiendo que te acompañó durante cincuenta años, pero sólo fue eso, tu sutil compañera. Ella no tenía por qué morir cuando tú te fuiste. Lo sabes, las sombras no pueden perecer porque jamás existieron como vive un cuerpo; sin embargo, están llenas de la vida de quienes fueron negras alondras mensajeras..."

El hombre siguió pensando otras cuestiones acerca de las sombras, mientras su cigarro se apagaba. Poco a poco la oblicua luz otoñal fue perdiendo fuerza. Los aromas desaparecieron con un viento de otoño agitado, brioso. La cabeza del hombre de la mecedora se ladeó, como si de pronto hubiera entrado en un apacible sueño.

Algunas personas de las casas vecinas lo afirman, otras objetan que fueron puras invenciones; pero dicen que cuando la mecedora se detuvo, una especie de sombra sin hombre atravesó la calle, subió por la pared color sepia y se perdió entre las hojas de los limoneros en el momento en que caía la noche.

La primavera aún no termina

En la ciudad hay muchas cosas extrañas que ya quisiera uno conocer. Casi siempre están relacionadas con personas. Un diario por ejemplo, le decía yo a Konstantínovna, puede andar volando en el otoño hasta que se trampa en el rostro de cualquier tipo, y éste insulta al viento, a la madre naturaleza, sin reparar que quizás un primo suyo lo abandonó en la banca. Y todo se inicia en una mano desinteresada, en un hombre que leyó las noticias después del almuerzo. Konstantínovna no replica nada, hace años que su cabeza confirma mis opiniones, esas ideas que le vienen a uno de viejo. Estaba diciendo que la ciudad guarda muy bien sus cosas extrañas. Estimo que soy una de ellas, pueden preguntarle a Konstantínovna, yo soy al mismo tiempo la cosa y la persona y ese diario que se confunde en la polvareda. Fui un caso gris, oscuro, como los tramoyistas del teatro que se suicidan los jueves. En el fondo puede que mi vida no tenga que ver con lo extraño, pero estoy seguro de que se relaciona con las sombras y el vestuario percudido. En todo Moscú nadie lo sabe más que el delegado en jefe v.v. Mártov y Konstantínovna. Esta mañana he sido jubilado, no estoy contento con la disposición, pero que lo necesitaba, que pase mis últimos días tranquilo en compañía de Nadezhda Konstantínovna, que el Estado me lo agradece. Para la desgracia de gentes

De *Miedo ambiente y otros miedos.*

como yo, mi vida puede ser descrita en una tarde de vino y cigarro tras cigarro. A la mañana siguiente, aún con el vino rondando los pensamientos, se acordarán de algunos detalles, para que mi vida se diluya en el transcurso del día.

En días ordinarios, dos o tres horas antes de abrir, la gente ya formaba la culebra que más tarde, como a las once de la mañana, se convertía en una víbora de muchas cabezas. En la noche yo le platicaba a Konstantínovna que la gente era toda distinta; los vestidos de los que venían de Ucrania saltaban a la vista junto a los de Siberia. Y así los gestos eran un arcoiris de ojos reflejándose en la vitrina. Mirar tantos años a millones y millones de ciudadanos honestos arremolinados, sin importarles la nieve o cualquiera de las calamidades del tiempo. Y digo calamidades porque algunas mujeres han llegado a pescar bronconeumonías, también los niños; bueno, de todas las edades. Las comisiones de vigilancia les pedían a los compañeros que se retiraran hasta que las condiciones atmosféricas fueran favorables, que no era bueno que expusieran la salud si existían posibilidades casi infinitas de entrar; inclusive se les explicaba que el Imperialismo Yanqui no llegaría nunca hasta el centro de Moscú, que tomaran las cosas y los sentimientos con calma. A los turistas no se les hacía ninguna indicación, eran tan pocos y con tan poco tiempo disponible, y tan necios como la demás gente. De nada servían las súplicas de las comisiones de vigilancia, el pueblo parecía arremeter con mayor fuerza ante los peros y los mire usted; a tal grado se oponían, que la culebra se desarrollaba en cosa de media hora, como si por todas las Rusias se hubiera cuchicheado acerca de las negativas de las comisiones de vigilancia. Era algo digno de verse.

Yo no tenía que tratar con la gente, sólo observaba el forcejeo, mientras movía al compás del segundero el trapo de la limpieza. Podría afirmar que de mi parte se generaba una especie de solidaridad con el pueblo, prefería que se presentaran las deshidrataciones o las pulmonías dobles, o en su caso los desmayos y las lágrimas frente a la vitrina, ese explotar de la neurosis que no debería existir en nuestro país. Siempre me gustaron los estallidos emocionales que emergen de las piedras y de la tierra donde se encuentra parada una multitud. Como en el 17, cuando los sentimientos se transformaban en sus contrarios en cosa que canta un gallo.

Desde el hospital del entonces San Petersburgo podía escuchar el rumor de olas, el ruido de huracanes, el movimiento de sismos, que provenían de las calles. No importaba que me acabaran de amputar la pierna y la posibilidad de procrear hijos. No me interesaba, a Konstantínovna tampoco, me lo aseguró desde entonces. Pero ya me estoy metiendo en cursilerías, ustedes van a decir que soy alevoso con sus buenos sentimientos al infiltrar un dramatismo estilo Korníkolf. Las cosas así llegaron: en las mismas condiciones que yo, existían otros compañeros. En casi todas las guerras civiles sucede lo mismo; en última instancia el riesgo lo corre uno y nadie más. Por eso no estoy de acuerdo en que se explote la condición de los enfermos, de los muertos, de los lisiados, para que los otros comprendan.

Estaba diciendo que por las mañanas, casi de madrugada, tenía que llegar al trabajo. El delegado en jefe v.v. Mártov nunca me sorprendió desinteresado de mis labores, incluso en ocasiones observaba mis movimientos: cepillar el traje, remozar por completo el cuerpo. Era una tarea de más de tres horas, y el compañero v.v. Mártov quién sabe cuántas cosas pensaba, qué tantas digresiones desarrollaba a partir de ese meneo cuidadoso de mis manos. Es posible que del cuerpo sacara conclusiones cuando yo le decía, un poco sorprendido: Ha cambiado mucho en los últimos años. Luego el delegado en jefe v.v. Mártov agregaba: Y pensar que la gente no se da cuenta de esos mínimos cambios. ¡Y vaya que los cambios eran mínimos! En la mejilla derecha se le han acumulado siete arrugas más, mientras que en la izquierda sólo se han sumado cuatro. Creo que es inútil que les diga que el cabello le creció varios centímetros, y que los dientes parecen estar vivos. El único comentario de significación que le escuché al compañero v.v. Mártov fue el de que las obras de ese hombre están empolvadas, que ya nadie estudia ningún libro, que todo esto es una desgracia.

Desde luego que estas pláticas eran casi clandestinas; fueron sólo un intercambio de emociones nacidas en un instante de simple nostalgia. Antes de que el delegado en jefe v.v. Mártov me dijera lo de los libros empolvados, casi estaba seguro de que ése iba a ser su comentario. Como quien dice se lo adiviné antes de que surgiera la comunicación. La verdad es que durante años esperé esas mínimas frases; para mí, era necesario que el delegado en jefe pronunciara esas palabras para que dejara de ser el delegado en jefe, para que se transformara sencillamente en el compañero v.v. Mártov. A no ser por el compañero v.v. Mártov, en el mundo nada más existiríamos Konstantínovna y yo. En ocasiones, de regreso a casa, pensando en eso del polvo sobre los libros, me daba rabia; no me miraba en el espejo pero por la expresión de Konstantínovna comprendía que mi piel estaba pálida. Y ella, bonachonamente, caminaba hasta el samovar para regalarme con una taza de té recien hervido. Luego escuchaba mis quejas: no me explico cómo la juventud no se interesa por la lectura de sus libros, por pura historia deberían hojear alguna obra de las importantes. Konstantínovna asentía que ella tampoco se lo explicaba, que la juventud debería estudiar lo que fuera por pura historia. Con estas frases el coraje se iba desvaneciendo, y me entraban ganas de fumar una pipa, de sentarme junto a Nadezhda Konstantínovna para escuchar algo de Chaikovsky.

Entonces, la voz de Konstantínovna me llegaba desde su mecedora para formular la pregunta cotidiana. La pregunta obsesiva que rondara en su cabeza como la costumbre que tenía de quitarse los zapatos para guisar. ¿Ahora ningún muchachito se puso a gritar frente a la vitrina? Yo le respondía que no, que todo mundo sabía que al joven aquel la habían procesado como en los viejos tiempos, y que por ese motivo nadie se atrevía a repetir su actitud. Para calmar su obsesión yo agregaba: pero no te creas, por ahí sobran los que desearían decirle sus cosas al Estado, a los intelectuales del Partido, a la mayoría de los responsables de nuestros errores. Después nos sumíamos en un silencio acordado, para pensar lo que nos viniera en gana.

Yo era de los que el Partido llamaba obreros prácticos o sencillamente <<los prácticos>>. En dos reuniones la Ojrana nos detuvo a varios; la primera fue en el 14, estaban Savínkov, Protovsky, la esposa de Gorki: Péchkova, Argúnov y otros. En aquella detención únicamente nos querían para preguntar cosas de rutina; el compañero Argúnov fue el único que se quedó. Nos andaban siguiendo los pasos, era seguro que algún provocador, entre tantos, diera un informe de la reunión. Esto lo cuento no con un afán de truculencia, sino porque al final de la segunda pesquisa, después de soportar mi visita a la prisión de Pedro y Pablo y de estar internado en una clínica de siquiatría, tuve una reunión especial con la persona que sacudí y mantuve limpia hasta hace unas horas, antes de mi jubilación. Desde aquellos días de revuelta comprendí que nunca llegaría a entender los tratados teóricos que yo mismo transportaba a diferentes zonas del país. Por eso estaba de acuerdo en que se me llamara obrero práctico. La segunda vez que me detuvo la Ojrana, en las orillas de Kiev, me agarraron con uno de esos cargamentos de propaganda. Iba solo, manejando el camión, y tal parecía que me estaban esperando. Posteriormente supe que Protovsky, el encargado de la distribución de la propaganda, trabajaba para la Ojrana; entonces sí me estaban esperando. Inmediatamente me transportaron hasta la prisión de Pedro y Pa-

208

blo. Vinieron los infinitos interrogatorios, las insoportables presiones y torturas, bueno, todas esas técnicas interrogatorias clásicas de la policía zarista. Después de cuatro meses, más o menos, me declaré loco. En el instante en que cualquier persona entra en una prisión, le surge el deseo de escapar por el medio que sea. Yo reparé mi locura día tras día, hasta que la tercera ocasión en que me estrellaba con todas mis fuerzas contra la pared de mi celda, resolvieron mandarme a una clínica de siquiatría. Claro que para los médicos mi caso no era nada extraordinario, pues era muy común que algunos presos enloquecieran de verdad después de tantas bajezas. Mi plan de locura constaba de dos partes: la calma y la explosión.

Por ejemplo, seleccionaba una rayita de la pared para observarla durante tres días, intentando al mismo tiempo desorbitar los ojos lo más posible. En esta etapa de calma no decía ninguna palabra, y si algún médico intentaba descubrir la falsedad de mi locura, aparentaba no entender nada. Cuando la rayita en la pared me aburría, pasaba a la otra parte de mi plan, o sea la explosión. Como a eso de las tres de la mañana me ponía a gritar una serie de improperios, acompañando a mis gritos con efectivos jalones de pelos. Tratando de representar una fobia exagerada descubierta en lo más hondo de la rayita, alborotaba a toda la clínica. Los compañeros locos parecían solidarizarse conmigo, pues los gritos se empezaban a reproducir en todos los cuartos. Entonces mi locura cobraba fuerza, y era un tirar tantas patadas y sacar tanta espuma por la boca que siempre terminaba en una tina de agua fría. Ahí resurgía la primera parte de mi plan: una calma chicha, concentrándome en un alfiler o en una nueva rayita o en el dedo meñique de mi mano izquierda. En la clínica por lo menos no me golpeaban tanto como en la prisión.

Esto es inaudito, ustedes me van a preguntar que para qué hago historia. Pero sentado en medio del samovar y de Konstantínovna me era imposible no recordar algo de mi juventud; quizá también Konstantínovna se encuentre recordando su niñez en Kiev. En este regreso a la vida pasada es probable que la botella de vino esté por terminarse. Lo que yo intento platicarles es simple, sólo unas cuantas palabras más y se acabó. Parece que me empecé a perder en el momento en que el compañero v.v. Mártov me decía algo sobre el polvo. Luego, al menos eso creo, dije que era importante recordar algo de mi segunda prisión, la más larga, porque después de mi escapatoria tuve una reunión especial con el individuo que hasta hace unas horas sacudía y alisaba. Bueno, pues este compañero me recibió en su casa de la clandestinidad, en el centro mismo de San Petersburgo. Antes de llegar me imaginé un cuarto repleto de libros, pinturas, papeles, esculturas y revistas. Me recibió su esposa y me dijo: la primavera aún no termina; yo le tenía que contestar: hay mariposas azules y violetas que me lo dicen. Sus ojos brillaron detrás de los lentes como si ahí se encontraran las mariposas. Ésa fue la última contraseña para que la puerta dejara de estorbarme. En un instante estamos con usted, el banquito lo hemos reservado para usted. Y decía *usted* como si yo mereciera mucho respeto, como si fuera muy importante escaparse de una clínica donde los médicos y los guardias opinan que los locos están muy ocupados en ese otro mundo de fantasmas para querer escapar hacia el mundo de verdad, hacia el mundo de las cosas duras. Mientras me maravillaba con la sencillez del cuarto, los pocos libros, la ausencia de esculturas, un dibujito a pluma de Karl Marx y otros objetos en su sitio exacto, sentí, desde mi banquito, que la pareja se acercaba comentando no sé qué asunto. Me saludó, dándome a entender que sabía algo de mi actividad, que a pesar de que ésta era una entrevista física, él me consideraba como un entrañable camarada desde mucho antes, desde antes de lo físico. Al sentarse frente a su mesa de trabajo, apoyó el brazo sobre unos diarios para luego soportar la cabeza con la mano a la manera de un estudiante de primaria que escucha fijamente al profesor. En mi boca se amotinaron las palabras, sentí que era indispensable hablar mucho, tanto como mi pequeña vida; que ese momento era propicio para echar fuera lo de la Ojrana, la propaganda que no comprendía y la mayoría de mis peripecias obligadas por los servidores del zar. ¿No gusta tomar un té?, en un momento vuelvo con ustedes. Y su esposa me seguía tratando como a un diplomático alemán. Prosiga, me invitó él, estoy enterado de su experiencia, pero me interesa conocerla por medio de sus palabras.

Por momentos reía fuertemente, luego se tornaba serio cuando le contaba, por ejemplo, los procedimientos que utilizaron en la prisión para que yo les revelara todo. Me interrumpía para explicar una idea que le confesaba no entender; sus palabras eran claras, atrapaban ejemplos con la facilidad de una red que persigue mariposas. Después del 17, cuando me encontraba casi recuperado, le escuché algunos discursos, y la claridad de sus palabras no se había perdido; la gente se reconocía de carne y hueso en medio de sus frases. La velada terminó con el detalle de mi escapatoria. Me dijo que él no hubiera podido engañar a los médicos, agregó algo así como que se sorprendía de mi facilidad de actuación, que si en la clínica yo me había ganado la confianza de los médicos aparentando que mi curación estaba por finalizar después de tanta crisis patológica, que me lo merecía, pues sólo a un médico tonto se le ocurría llevar a un loco por su cuenta a sacarle unos análisis.

Ya no quiero pedir disculpas. Prometí terminar pronto y aquí me tienen parloteando y parloteando. Konstantínovna ya está acostumbrada. La última vez que hablé hasta dormido fue hace varios años. La causa provino nuevamente de mi trabajo. Una mañana venía tarareando los primeros acordes de *La tempestad*. El cielo aparentaba estar cubierto de láminas de plata. A la entrada estaban los dos rígidos guardias de costumbre, los saludé sin esperar, como todos los días, la respuesta; para mí era un juego saludarlos. De inmediato percibí un desacomodo, la sensación me recordó el momento vacío que forma el ferrocarril cuando termina de pasar. Los letreros de guarde silencio, camine en una sola fila, estaban en el lugar de siempre. El mármol un poco percudido del día anterior me intentaba decir que por ahí nadie había pa-

212

sado después de cerrar el portón. Pero la ausencia de una de las dos vitrinas me replicaba que durante la noche un oscuro trabajo de abejorros había cargado con uno de los dos cuerpos, con uno de los dos recuerdos que parecía estar viviendo. La prensa del Partido lo había destrozado con sus constantes críticas, pero nunca pensé que llegaran a retirar el cuerpo. Esa misma mañana los diarios de todas las Rusias presentaban a ocho columnas renovadas acusaciones, incluso la exageración se dejaba sentir en algunos artículos. El hecho para mí representaba menos trabajo, eran diez uñas menos que cuidar. Pensé que el escándalo y las protestas surgirían en diversas regiones; pero que era importante mostrar en el Exterior que en la URSS hay justicia, que le debía muchas vidas al pueblo, y todas esas noticias que ustedes ya conocen. De ser yo Jrúshchov, lo hubiera mandado a otro lugar más chiquito, porque a pesar de la Cheka existe el otro lado. Ni modo, en aquella época hablé tanto que Konstantínovna se cansaba de escuchar. Se quedaba dormida en su mecedora.

Ahora, en mi última mañana de trabajo, he visto en compañía del compañero v.v. Mártov a un jovencito al que, desgraciadamente, también le falta una pierna, pero que es científico y tiene mucha experiencia en la conservación de momias. Lo de la pierna se lo noté a pesar del aparato, pues camina igual que yo.

Lombrices

A

La lombriz es un pene de pies a cabeza. La lombriz es ciega y feliz. Cuando ama, es aún más ciega. La lombriz se viste de lombriz. Ella no escogió ser lombriz. En el momento en que brota de la negra tierra sudorosa, con los retorcimientos de su lenguaje de arabescos explica nerviosas reflexiones sobre el erotismo. Aunque lo aparente, la lombriz no es toda la verdad. Anda encuerada y no le da pena.

B

La lombriz de agua se utiliza como carnada para pescar armadillos y osos hormigueros; los pescadores que así proceden se ven ridículos con sus botas de hule trepados a los árboles de la zona norponiente de Yucatán.

C

El pez volador se ahorcó con una lombriz de tierra durante las últimas horas del amanecer. Es imposible, informa la misma fuente, ahorcarse con una lombriz de fuego, pero hay faquires que se las tragan y luego escupen peces voladores.

De *Cuaderno imaginario.*

D

La lombriz de fuego es hija del sol y comadre de
la luciérnaga. La lombriz de fuego se cartea con la
anguila; ésta, por lo regular, manda telegramas.

E

El pez que no volaba se ahorcó con una lombriz de
cielo.

F

En medida que la gente se va haciendo vieja, se
olvida de las lombrices. Las lombrices siempre están
esperando a los niños; ellos las cortan en trocitos como
cuando las mamás preparan salchichas con huevo, o
las levantan hacia el cielo para leer sus contorsiones
sensuales, o se la meten en una oreja a otro niño, o las
aplastan cuando se aburren. Por esto las lombrices más
experimentadas opinan que es bueno que la gente que
se hace vieja se olvide de ellas. Sólo el poeta mete su
cuchara en la tierra para las macetas.

¡Oh! aquella mujer

en honor de Lola Gavarrón

La mujer que nos ocupa la nostalgia podría llamarse, con el debido respeto y sin pretender significados ocultos, La Mujer Mamazota. Es mamazota de buena fe y por gracia de su casta. De buena fe porque ella va decididamente al encuentro del piropo mexicano por excelencia: ¡Adiós, mamazota!, el cual se pronuncia con franqueza y energía. Le encanta que se lo lancen mediando cualquier distancia y se lo pongan en el trasero.

Sería infeliz si al abandonar la oficina no escuchara la voz que le da sentido a su cuerpo y a su manera de vestir. Es de casta porque La Mujer Mamazota existe en nuestro país desde tiempos remotos, metamorfoseándose de época en época, aunque en la actualidad se encuentre hasta cierto punto atrofiado su proceso.

Muchas mujeres jóvenes cuestionan el devenir de tal casta y abominan el piropo que a las otras excita. Incluso hay algunas que en la forma de vestir se colocan en el austero polo contrario, aliándose radicalmente con la naturalidad y ocultan en blusones, faldas amplias o en vestidos de gran vuelo que les desdibujan el cuerpo. Sus rostros se dibujan inalterados, en la precisión de sí mismos y la nitidez de unos ojos sin rímel.

De *Gente de la ciudad.*

Por su lado, La Mujer Mamazota utiliza un aerodinámico y siempre bien apretado corsé o brasier de peto largo que disimula la escasez de cintura. Al presionar sobre la parte media del cuerpo, este artefacto compuesto por telas y varillas destaca sobremanera los pechos, verídicos bajo las medias copas adornadas en sus bordes por delicado encaje. La blusa tiende a ser escotada, transparente o medio neblinosa, pero la uve del escote siempre mostrará la delgada y provocativa línea que forma la unión de los senos. El carmín de la boca, las discretas chapas coloraditas y el tinte rubio o pelirrojo en la esponjada cabellera son gracias de su aspecto definitivamente encantadoras.

Volviendo a la imaginaria cintura, lo cual no implica ausencia de una interesante cadera, de allí parte una falda entallada que sistemáticamente remata arriba de la rodilla, una o dos pulgadas; de manera ocasional aparece una abertura de alrededor de cinco pulgadas que permitirá que el muslo izquierdo se exhiba y se oculte al caminar. Venciendo las dificultades que impone el mercado de la lencería para conseguirlas, las medias necesitan ser de costura, o en su defecto simplemente negras, de malla o figuritas geométricas. Los zapatos, elementos de largo y meticuloso razonamiento, buscan la punta afilada y los hay de tacón de aguja, sin demasiada greca ni florituras inútiles; son de distintos vistosos colores. Sobre ellos se para, camina y contonea la portadora de tantos y justos primores, haciéndose realidad el piropo más profundo de la muy noble y leal ciudad de México. La Mujer Mamazota es una caricia verbal que ha cobrado vida, un sueño vaporoso y bien modulado que recorre nuestros inmuebles antiguos y modernos.

Aunque a primera vista, o según ciertas coléricas opiniones, parece una mujer simple, su personalidad es compleja y merece todo el respeto del mundo. Tradicionalmente se ha puesto en relieve su aspecto negro, maldito, vampiresco, ligero. Y lo tiene, no puede ni pretende soslayarlo; si no, al instante dejaría de ser La Mujer Mamazota. Que ha sido protagonista de uno o varios dramas familiares, que ha provocado desastres o profundas diferencias entre varios jefes de departamento, incluso que ha sido causante de algún accidente automovilístico, nunca, nunca lo va a negar; al contrario, son las anécdotas oscuras que hacen el contraste en su largo collar de varios hilos. A ella no le gusta el chisme a medias, no; conoce al dedillo la vida de media Secretaría. Ha participado tanto en la planilla roja como en la verde, en la dorada como en la azul, en la rojinegra como en la naranja, de ahí sus incontables dones de conspiradora efectiva.

No se tienta el corazón para criticar los abusos de un jefe, o para tumbar de su puesto a una secretaria estilista y elitista que se sienta "la muy muy", o para poner en ridículo a cualquier empleado que se quiera pasar de listo. Tiene y renueva relaciones con todos los departamentos, las subdirecciones, direcciones y en algunas asesorías; relaciones que ¡cuidado! puede poner en acción en cualquier momento, para bien o para mal.

Sin embargo, su aspecto blanco, dócil, bonachón, tierno y admirable pocas y pocos se detienen a verlo.

Por principio, a ella le gusta decirle sus verdades hasta "al más pintado"; es decir, no es hipócrita, cualidad que le ha provocado más enemistades de las que en realidad debería tener. Cualquier vendedora de joyas de fantasía, ropa íntima o ilícitos objetos del exterior, hace su agosto en el escritorio de La Mujer Mamazota, pues ésta no sabe decir no a este respecto ni a otros respectos. Es solidaria y preocupona para con sus compañeras de trabajo; alienta y protege a las engañadas. Orienta y aconseja a los bígamos metidos en problemas; concilia y reconstruye amores devastados. Es amistosa con el personal de Intendencia y con los mensajeros; organiza tandas para ofrecerle el primer número a la que ha enviudado, a la que tiene algún pariente en el hospital, o a la abandonada con cuatro o cinco hijos. En fin, muchos la quieren, la siguen y la admiran, aunque muchos la critiquen, la vilipendien o la detesten.

Diversos aspectos, en pro y en contra, podrían mencionarse a propósito de esta mujer con personalidad compleja y respetable, tal que soporte un marido altamente celoso o engañe a su "buen hombre", que haya permanecido soltera toda su vida o que les dé carrera a sus hijos, a pesar del temprano divorcio.

Pero, por último, aquí sólo se hablará de un tercer aspecto, muy delicado: el erótico.

Cuenta, en primerísimo lugar, con su *sex-appeal* de mamazota, hecho que le abre el firme camino hacia la seducción, aunque su actitud no siempre es la de la conquista. Su presencia se aproxima un poco al sueño escultórico, a la mundana necesidad por lo eterno, en una persistente lucha contra el implacable transcurrir de la vida.

Bien, una vez que se interesa por el hombre que podrá recibir sus primores, avanza decididamente, apenas razonando en propósitos concretos, actitud que a veces ocasiona en él miedos, tartamudeos o regresiones contundentes a la infancia. Llega ante el predestinado como por descuido, lo ataca serenamente con un escote mayúsculo y se le acerca a muy poca distancia. Hincha y deshincha los senos de manera sutil pero sistemática, la línea que ellos forman cobra vida, se aclara y oscurece, y se clava en el centro de la mirada del que está siendo seducido. Una vez que los pechos han realizado su labor, cesa la dilatación y los aleja; avergonzada y disculpándose con monosílabos apenas pronunciados, hace intentos infructuosos por dibujar con los bordes de su blusa transparente o medio neblinosa una uve minúscula. Hace como que se fastidia de la manifestación de tales pudores y da a entender, con un mohín de disgusto y un chasquido de boca, que a final de cuentas ya existe confianza entre ellos. Toma asiento cerca de él, cruza la pierna izquierda, cuya pantorrila balancea rítmicamente con el fin de mostrar y esconder el encuentro de la media con el firme tirante de un liguero negro. En el transcurso de la charla sus labios modularán pucheros sensuales, sonrisas infantiles, mordeduras accidentales y adjetivos grandilocuentes. Sus manos tocarán al excitado interlocutor en el hombro en plan de íntima confesión, en el brazo luego de una ocurrencia humorística, en los muslos en plan de chisme sexual, hasta que naturalmente termina por quitarle las motitas del saco, centrándole a la perfección el nudo de la corbata.

Así, pues, con dos o tres encuentros como el anterior, el hombre quedará sensibilizado, convencido y se garantizará la primera cita entre ellos. Lo que vendrá después, la maravilla o el fracaso, únicamente la pareja lo sabrá.

Vale decir en este final que algunas gentes de su oficina cuestionan los aquí pormenorizados procedimientos de la mujer; no obstante, otras opinan que son justos, arguyendo que no siempre el hombre debe ser el de las iniciativas. Pero quizá exista algo triste y descorazonador: diversos síntomas sociales parecen indicar que en estos momentos el proceso de La Mujer Mamazota se encuentra metido en un serio atrofiamiento.

A Circe desconocida

a Marielena

Vestida con los gustos de la luna,
garabatos de nube te acompañan;
los aromas fantasmas de la noche
revolotean pícaros tu falda,
tejida con hilos del horizonte.
En tus ojos, sirenas que se ocultan
entonan el recuerdo de marinos
que partieron dementes con los últimos
gritos de las farolas, entre calles
que nunca más volvieron a hablar de ellos.
Llevas siempre los rostros de los mares
en esa pañoleta que acaricia
tu cuello dilatado y tranquilo,
mientras abres la noche entre tus labios,
pez de luz y cabellos manantiales.
      Desde el fondo de su alma enferma y sola
mi cuerpo está aguardando tus ensueños,
pues vive del delirio, de la ausencia,
de lo que todavía no aparece,
pero ya cobra fuerza en tu silencio.
De algún puerto con lluvias brotarás,
has de venir, se dice mi deseo,
ataviada con velos de la luna,
como si no existieras y vivieras
dentro y fuera del sueño melancólico.

Te amo

–¿En verdad me amas? –repuso la mujer linda, entornando sus ojos grises.

El adolescente la miró con profundidad, enternecido, nervioso; con un ligero temblor de labios, buscó las palabras exactas en la humedad de su boca.

–Es la primera vez que digo que amo.

La mujer sonrió, ladeó la cabeza e hizo volar apenas su precioso cabello corto. Vio al joven que encaraba su sentimiento más íntimo, recargado con naturalidad en un árbol del parque del atardecer. Ella se desabotonó la blusa larga y el brasier de mallita, brotaron los senos firmes y tersos; el hombre los miraba tierna, cálida, temerosamente. Entregada al instante que vivía, la muchacha realizó una extraña maniobra con la muñeca, se formó un pliegue en la piel e introdujo la mano dentro de su pecho; hurgó tras las líneas horizontales del tórax, extrajo su corazón y se lo tendió al muchacho.

–¿En verdad me lo das? –dijo él.

–Yo también te amo –respondió ella, sin bajar el brazo.

El joven lo tomó, lo observó; de su bolsa de cuero sacó un pañuelo blanco para cubrirlo y lo guardó. Mientras tanto, ella volvía a vestirse; y sus ojos grises eran la neblina tierna de los amaneceres húmedos, eran la escritura amorosa del humo de cigarrillos

De *Cuaderno imaginario.*

sensuales, el misterioso pelo de un gato gris que mira desde el entresueño, eran el claroscuro del espíritu apasionado.

Envuelto por esa amplia mirada femenina, él abrazó a la muchacha, la besó, le revolvió el cabello que volvió a acomodarse con facilidad. La tomó de la cintura y caminaron por las calles y avenidas de la noche, reconciliados con ventanas encendidas y apagadas, con los postes y el rumor de la ciudad que se iba apagando.

En el zaguán de la casa de ella se daban el último beso; alumbrados de pronto por la luz eventual de un automóvil, él notó cierta palidez en el rostro de su novia. Intentando abrir su bolsa, expresó:

—Te lo devuelvo; póntelo. . .

—No es nada, no te preocupes; está mejor contigo —explicó ella—. Después de que te vayas, me acostaré y voy a soñar, tranquila; voy a soñar en los atardeceres que nos faltan por amarnos, en tus ojos cafés, en las barcas grises con que navegaremos la dicha, las nubes, el júbilo; ¿ves? Anda, ve a descansar. Tú me amas y yo te amo. Así están bien las cosas.

Ágil, la mujer linda se perdió tras una puerta roja de madera, y el muchacho se quedó con esa imagen reverberándole en el cuerpo como si una bella y justa fotografía se grabara en su piel. Marchó hacia su casa, creando un camino nuevo para andar por una ciudad nocturna recién inventada.

En la soledad de su cuarto, puesta su pijama vieja de caballos azules, abrió la bolsa de cuero, sacó el corazón, lo desenvolvió. Lo tuvo entre las manos, mirándolo sin saber qué pensar; sus manos recibían la vívida voz de las corazonadas y se entabló un diálogo de ternuras y pieles conmovidas, de sensaciones nunca antes experimentadas. Una emoción, entre dolorosa y cálida, brotaba de su cuerpo en todas direcciones; supo entonces que el amor era más grande que su cuerpo y que podía ser una fuente inagotable. En ese momento, el joven se amó a sí mismo, quiso a sus zapatos mediochuecos que lo observaban al pie de las barbas de la colcha que lamían el piso; amó sus libros y cuadernos, adoró las paredes de su cuarto, los banderines y la fotografía de su equipo. Quiso a su pijama. El muchacho lloró serenamente y besó el corazón una y otra vez.

Limpió sus lágrimas y se sacudió la nariz; puso bajo la almohada aquel trozo fundamental, apagó la luz, se recostó, se durmió. Y soñó que andaba bajo un crepúsculo gris en el que, al atravesar una delgada pared de niebla, veía venir a una mujer que lo llamaba. Allí, entre las sábanas del alto sueño, se tomaron los cuerpos, los acariciaron, desvistieron, los movieron, friccionaron, penetraron, los revolcaron, contorsionaron, sudaron, los desvanecieron, reposaron y durmieron, soñando que se encontraban en la bruma y se amaban y dormían y soñaban que se amaban que dormían que soñaban que se amaban que dormían, ssshhh, ssshhh, ssshhh.

La cola

Esa noche de estreno, fuera del cine, a partir de la taquilla la gente ha ido formando una fila desordenada que desciende las escalinatas y se alarga sobre la acera, junto a la pared, pasa frente al puesto de dulces y el de revistas y periódicos, extensa culebra de mil cabezas, víbora ondulante de colores diversos vestida de suéteres y chamarras, nauyaca inquieta que se contorsiona a lo largo de la calle y da vuelta en la esquina, boa enorme que mueve su cuerpo ansioso azotando la banqueta, invadiendo la calle, enrollada a los automóviles, interrumpiendo el tráfico, trepando por el muro, sobre las cornisas, adelgazándose en el aire, su cola de cascabel introduciéndose por una ventana del segundo piso, a espaldas de una mujer linda que toma un café melancólico ante una mesa redonda, mujer que escucha solitaria el rumor del gentío en la calle y percibe un fino cascabeleo que rompe de pronto su aire de pesadumbre, lo abrillanta y le ayuda a cobrar una débil luz de alegría, recuerda entonces aquellos días de felicidad y amor, de sensualidad nocturna y manos sobre su cuerpo firme y bien formado, abre paulatinamente las piernas, se acaricia el pubis que ya está humedo, se quita lentamente las pantimedias, la pantaleta, y permite que la punta de la cola, enredada a una pata de la silla y erecta bajo la mesa, la posea.

De *Cuaderno imaginario.*

Humo en sus ojos

Después del cine, la llevó a su departamento, con la argucia del cafecito. Cuando se acomodó en el sofá, la morenita se veía tensa; sólo ante la taza de café, decidió quitarse el suéter. Roberto tomó asiento a su lado, sirvió azúcar a ambas tazas y le ofreció distraídamente un *benson* blanco. Ella lo aceptó, lo encendió y lo fumó con toda naturalidad. A medio cigarro, le dio ya por estar platicadora y hasta aventuró alguna broma. Aplastó un *benson* blanco, bebió un poco de café y volteó hacia un cuadro. Tal distracción permitió a Roberto extraer rápidamente del interior del saco una cajetilla de *mapleton*; cuando la mujer volvía a la charla, recibió, casi impuesto, un cigarro. Lo tomó con fatalidad porque en lo más profundo asomó la duda. Pero ya le servían otro café y le pasaban el humo delante del rostro. Aspiró varias veces la vainilla de su cigarro y cobró confianza; descruzó la pierna sin importarle dejar fuera las rodillas. En el momento en que daba una sostenida fumada a su largo *mapleton*, sintió la pierna de Roberto. No retiró la suya, aceptó la repentina tibieza; acercó entonces su cuerpo al otro, tomó café y siguió fumando. En esta ocasión, sin aguardar a que ella terminara el cigarro, de entre los cojines, Roberto sacó unos *benson* mentolados. El verde metálico de la cajetilla relumbró en la mirada de la morenita y llevó sus dedos hasta el nuevo ciga-

De *Gente de la ciudad.*

rro. Deseó que se lo encendieran de inmediato; antes de sus palabras, el fuego le respondió. Aspiró hondamente, los ojos cerrados; un brazo la rodeó por la cintura. Mientras soltaba una raya gruesa de humo, recibió unos besitos en el cuello, que la hicieron sonreír ligeramente, como el aroma sensual de la vainilla y la menta. Continuó fumando, la falda subida hasta media pierna, en tanto una mano le andaba por los senos. Cuando supo que pronto sería desnudada, la morenita encendió otro *mapleton*.

Tiempo libre

Todas las mañanas compro el periódico y todas las mañanas, al leerlo, me mancho los dedos con tinta. Nunca me ha importado ensuciármelos con tal de estar al día en las noticias. Pero esta mañana sentí un gran malestar apenas toqué el periódico. Creí que solamente se trataba de uno de mis acostumbrados mareos. Pagué el importe del diario y regresé a mi casa. Mi esposa había salido de compras. Me acomodé en mi sillón favorito, encendí un cigarro y me puse a leer la primera página. Luego de enterarme de que un jet se había desplomado, volví a sentirme mal; vi mis dedos y los encontré más tiznados que de costumbre. Con un dolor de cabeza terrible, fui al baño, me lavé las manos con toda calma y, ya tranquilo, regresé al sillón. Cuando iba a tomar mi cigarro, descubrí que una mancha negra cubría mis dedos. De inmediato retorné al baño, me tallé con zacate, piedra pómez y, finalmente, me lavé con blanqueador; pero el intento fue inútil, porque la mancha creció y me invadió hasta los codos. Ahora, más preocupado que molesto llamé al doctor y me recomendó que lo mejor era que tomara unas vacaciones, o que durmiera. Después, llamé a las oficinas del periódico para elevar mi más rotunda protesta; me contestó una voz de mujer, que solamente me insultó y me trató de loco. En el momento en que hablaba por teléfono, me di cuenta

De *Textos extraños*.

233

de que, en realidad, no se trataba de una mancha, sino de un número infinito de letras pequeñísimas, apeñuzcadas, como una inquieta multitud de hormigas negras. Cuando colgué, las letritas habían avanzado ya hasta mi cintura. Asustado, corrí hacia la puerta de entrada; pero, antes de poder abrirla, me flaquearon las piernas y caí estrepitosamente. Tirado bocarriba descubrí que, además de la gran cantidad de letras-hormiga que ahora ocupaban todo mi cuerpo, había una que otra fotografía. Así estuve durante varias horas hasta que escuché que habrían la puerta. Me costó trabajo hilar la idea, pero al fin pensé que había llegado mi salvación. Entró mi esposa, me levantó del suelo, me cargó bajo el brazo, se acomodó en mi sillón favorito, me hojeó despreocupadamente y se puso a leer.

INDICE

Siendo rector de la Universidad Veracruzana el Dr. Salvador Valencia Carmona, se terminó de imprimir *Antología Personal de Guillermo Samperio*, en junio de 1990, en Enfoques Editores, S. A. de C. V. Av. Baja California 196 - 904. Col. Roma. México, D. F. Tel.: 264 30 91. La edición consta de 2000 ejemplares.